岸尾は持っていた傘を手放し、楢崎の肩を摑んだ。そして物影に連れ込んで唇を奪う。

濡《ぬ》れ男《おとこ》

中《なか》原《はら》一《かず》也《や》

ILLUSTRATION

梨《なし》とりこ

CONTENTS

濡れ男

濡れ男

雨が、降る。

霧雨《きりさめ》は静かに舞い、地面に吸い込まれていた。目に映る風景はヴェールに包まれているようで、灰色に染まった街は寒々としており、部屋の暖かさと相まって別世界のような気がする。

岸尾智徳《きしおとものり》は、教授室の窓についた水滴やその向こうに広がる風景を眺めていた。

岸尾は大学の准教授で社会学を専門にしている。

一八三センチという長身で前髪を手櫛《てぐし》で軽く後ろに流したオールバックのヘアスタイルは、艶《つや》やかな黒髪と黒い瞳に似合っていた。口数が少ないせいでダークな印象を与えるが、見た目の印象と実際の性格にそう隔たりはない。几帳面で少々気難しく、取っつきにくい性格をしている。

しかし、そんなところがますます女性の関心を惹くらしく、それこそ幼稚園の頃から女には不自由をしたことがない。

保母さんに始まり、学校の先生、クラスメイト、学食のおばちゃん、サークルの女ども、バイト先の店長から店に来る客等々。いつだって女の視線を感じ、告白をされてきた。

エリート官僚のような空気すら纏っている硬質な雰囲気が本来の性格とマッチしており、相乗効果になっているのだ。

もちろん、准教授として教鞭《きょうべん》を執《と》るようになってもその魅力は衰えず、女子学生の中には岸尾のファンだと言う者も多い。厳しいことで有名な岸尾の講義を敢えて選ぶ学生も少なくないのだ。しかし、岸尾は自分より十歳以上も歳下の若い女たちに黄色い声をあげられようが興味は持てず、ここ十年以上、せっかくの宝を持ち腐らせていた。

原因は、ある一人の男だ。

「あいつ、来そうだな」

ポツリと零《こぼ》し、大学生の頃からつき合いのある腐れ縁の親友のことを思い出す。

岸尾は備えつけのコーヒーメーカーからコーヒーを注ぎ、ブラックで味わった。こうして一人でいる時が一番落ち着く。訪れる学生もおらず、しばらく一人を堪能《たんのう》しているとドアがノックされる。

「どうぞ」

ドアを開けたのは、オフホワイトのトレンチコートを羽織った男だった。思っていた通り、やって来たのは楢崎《ならさき》である。

「よぉ、センセー」

楢崎哲《てつ》――この男が岸尾の腐れ縁の親友で、岸尾がずっと彼女を作らない原因だ。

楢崎が行くところは必ず雨が降ると言っていいほどの雨男で、雨が降ると楢崎を思い出してしまうくらいその確率は高い。すでに『パブロフの犬』状態で、岸尾にとって雨と楢崎は切っても切れないものだと言っても過言ではなかった。

しかも、傘をさしているにもかかわらずいつも濡《ぬ》れており、今日もコートの肩はびしょ濡れで髪の毛からも水滴が滴《したた》り落ちていた。

なぜそんなに濡れるのか、理解できない。

「来たか、濡れ男め。天気予報は曇りだったのに、お前が来るからまた雨が降ったじゃないか。洗濯ができない」

「それを言うなら雨男や。何回言っても覚えんな。お前、実はアホやろ？」

楢崎はそう言って濡れたコートを脱いだ。

特別顔の造りがいいというわけではないが、由緒ある家柄のボンボンといった甘い雰囲気を漂わせており、どこか色気がある。顔立ちのはっきりした岸尾がハリウッドのような舞台で活躍する実力派タイプの俳優だとすれば、楢崎は歌舞伎など、日本の伝統芸能の世界にいそうなタイプだ。ひと目でわかる派手な魅力はないが、ちょっとした仕草や立ち居振る舞いに忍び寄る色気を感じてしまうのだ。また、癖のない髪の毛は柔らかそうで肌も比較的白いからか、儚《はかな》げだという印象すら抱いてしまう。

しかし、中身とのギャップはかなりのものだ。

繊細そうな見た目とは裏腹にかなり大雑把《おおざっぱ》で適当。どこかゆるくて飄々《ひょうひょう》としているのだが、そう感じるのは中学・高校と大阪に住んでいたため、大阪弁と標準語が混じった話し方をするせいもあるだろう。けれども、決してそれだけではないのもわかっている。

神経が図太いのか単に無頓着《むとんちゃく》なのか、部屋は信じられないほど汚く、いったいどこのゴミ集積場かと言いたくなる。時々片づけに行ってやるが、次に行くと必ず元の通りになっている。

一度なんか部屋に生えた得体の知れないキノコを味噌《みそ》汁の具にし、丁度岸尾が来たのをいいことにその事実を伏せて朝食として出したのだ。

神経質なところがある岸尾からすると、楢崎という男はまったくもって理解できない。それなのに、一番深いつき合いをしているのがこの楢崎で、しかも片想いの相手なのだから人間というのはわからないものだ。

「センセー、俺にもコーヒー頂戴《ちょうだい》」

楢崎は、岸尾が渡したタオルを頭から被《かぶ》っただけで拭《ふ》こうともせずにタバコに火をつけた。一服する前にやることがあるだろうと濡れた机を見ながら思うが、楢崎に何を言っても通じないのはわかっているため無駄な助言はやめてコーヒーを渡す。

「それよりお前、傘持ってないのか？」

「いいや、持ってるけど。あ、サンキュ」

「なんでささないんだ」

「さしてるって」

「さしててどうしてそんなに濡れるんだ」

傘を持っていてもここまで濡れてしまうのは、頓着しない性格だからか——。

けれども濡れ髪の楢崎は、図太い性格の持ち主だということを忘れさせるほど繊細そうな色っぽさがあった。視線を床に落としている時の表情などは、思わず触れたくなるほどだ。

特に女性的な顔立ちというわけではないのに、どうしてこうも惹かれるのか自分でも不思議でならない。

「な、岸尾センセー」

「なんだ」

「なんか買って」

フザけたおねだり口調で言われ、岸尾は顔をしかめた。いつもそうだ。

楢崎はオフィス事務機を扱うメーカーの営業で、コピー機のリースや販売・メンテナンス、事務用品の販売などを担当している。定期メンテナンスでもないのに、こうして顔を出したのにはそれなりの理由があるだろうと思っていただけに、予想通りの結果に眉《まゆ》をひそめずにはいられない。

俺はパトロンか……、と思わず言いたくなるのである。しかも、買ってもせいぜいが数万円の文房具や棚などの大型事務用品だ。なんてスケールの小さいパトロンだろう。

「お前な。俺がそう買い物ばっかりすると思うなよ」

「なんかいるもんないの？」

「ない」

「そんな冷たいこと言うな。棚も一個いるって言ってたやん。あ、そうだ。新しいコピー機出たって知ってたか？　あれな、お前にぴったりなんや。見てみる？」

いい加減なことを言う楢崎に、ますます眉間《みけん》のシワが深くなった。

何がぴったりだ。

ショップの店員でもないのに、そんな言葉で商品を勧めるいい加減さに呆れた。

「カタログだけでも見て。ね？　センセー」

楢崎の言う『先生』がいかがわしく聞こえるのは、いつもおねだりされるからだろうか。

岸尾の返事も待たずに勝手にカタログを出し始める楢崎に、冷たく言う。

「見るだけだぞ」

いつものことだと、ため息交じりに一歩譲る。しかし、一歩で終わらないのもわかっていた。結局何か買わされるハメになるだろうと思いながら、楢崎の説明に耳を傾ける。

話を聞きながら、一度この男が慌てたり驚いたりするところを見てみたいものだと岸尾は心底思った。長いつき合いだというのに、摑《つか》みどころのない楢崎がわからず、常に敗北感を味わわされている。

そして、汚部屋住人で几帳面な自分を苛立《いらだ》たせるような大雑把な性格で、しかも女ですらない楢崎になぜ惚《ほ》れたんだと嘆かずにはいられなかった。

（あれが、俺の運の尽きだな……）

カタログを適当に眺めながら、岸尾は楢崎と出会った雨の日のことを思い出していた。


楢崎との出会いは、十八歳の春。大学の入学式のことだった。

その日は、せっかくの桜を散らしてしまうような雨が朝から降っており、地面は濡れた花びらで覆われていた。大学のバスターミナルは入学式へ向かう学生たちが持つ色とりどりの傘で埋め尽くされ、混雑している。

そんな中、人に酔ってしまった岸尾はいったん人混みから離れようと会場に続く通路から外れて教室のほうへと歩いていった。

「入学式、出るの面倒だな」

独り言を言い、どこか座れる場所がないかと周りを見渡した。すると、校舎に囲まれた中庭に男が立っているのに気づく。傘をさしているが、なぜかジャケットの肩やスラックスの裾《すそ》はびっしょり濡れているではないか。

男は何をするでもなく、ぼんやりと佇《たたず》んでいる。

変な人物なんじゃないかと軽く警戒心を抱かずにはいられず、関わり合わないほうがいいかもしれないと踵《きびす》を返そうとしたのだが、そうする前に人の気配に気づいてか男が振り返った。目が合った瞬間息を呑んだのは、危なそうな人物に見つかったからではなく、濡れ髪でぼんやりとした表情がどこか神秘的に見えたからだ。

目の焦点が合っていないようにも見えるが、単に視力が悪いだけのようにも思える。

(こっちに来る)

岸尾は微動だにできなかった。魅入《みい》られたように、男が来るのを待ってしまっていたのだ。関わるなと本能が訴えているのに、躰《からだ》が動かない。素通りしてくれないかと思ったが願いは通じず、目の前に立たれる。

「なぁ、ライター持ってるか?」

「え?」

「タバコ吸いたいんやけど、オイル切らしてんねん。君、タバコ吸わへんの?」

大阪から離れたばかりだったからか、この頃はかなり方言がきつく、自分の周りにはいない喋り方をする男に、大学というところが高校までとは違って本当にいろんな地域から人が集まる場所なんだと思った。

街中で訛《なま》りの抜けない会話を聞くことはあるが、こうして自分が話をしたことはない。

「お。ありがとな」

男はそう言って差し出されたライターを受け取ると、タバコを咥《くわ》えて火をつけた。雨に向かってゆっくりと細い煙を吐き出して目を細める姿は、かなり絵になる。

間近で見ると、摑みどころのない魅力が手に取るようにわかるのだ。本当にここにいるのかと、この世の者であることを疑ってしまい、触れて確かめたい衝動に駆られる。

初対面の人間にここまで深い興味を抱いたことなどなく、岸尾は吸い寄せられるように男に手を伸ばしていた。

しかし、触れる寸前、男が空を見上げながらポツリと言う。

「雨やなぁ」

「あ……、そうだな。天気予報は晴れだったんだけど」

何をしようとしていたんだと、慌てて手を引いた。触るつもりだったのかと、己の行動に驚きを覚えずにはいられない。

「俺のせいや。実は俺な、雨男なんや。俺が参加する行事って必ず雨降んねん」

二人はどちらからともなく屋根のある階段のほうへ行き、腰をおろした。

不思議な雰囲気をした男だと思ったが、危険な人物ではないとわかり警戒心が解けたのと人混みが苦手ということもあり、すっかり式典に出る気も失せている。

「ところでさ、傘持ってるのに、なんでそんなに濡れてるんだ？」

「ん？　これ？　さぁ」

「さぁって……」

「雨ってな、横からでも降ってくるやん」

「上からだけでしょ」

「風吹いたらあっちこっちから降るやんけ」

「今日は風ないけど」

「じゃあ、なんで濡れてんのやろな」

「なんでって……」

　こっちが聞いているのにと、妙な話のずれに違和感を抱くが、この会話を愉《たの》しんでもいた。この不思議な男といるのは、心地いい。

「あ。俺、楢崎哲。君は？」

「岸尾智徳」

「君、ええ男やな。モテるやろ？」

「いや、それほどでも」

「謙遜《けんそん》すな～。めっちゃ男前やん。俺、君みたいな顔に生まれたかったんや。男から見ても格好ええで？」

「まぁ、礼は言っておくよ」

「そういうクールなところが、また女にモテるんやろな。なぁ、もう入学式出るのやめよか？　面倒臭なってきた」

「俺はさっきから出る気は失せてる」

「ははは っ」

結局、二人は式典が終わるまでそこに座っていた。かといって特に記憶に残るような会話をするでもなく、一緒にいた時間の半分はお互い黙って落ちてくる雨を見ていただけだった。

式典の会場である体育館から出てきた新入生たちが、再び人の波となってターミナルに押し寄せてきた時、楢崎が立ち上がる。

「あ、俺もう行くわ」

「そうか。じゃあな」

名残《なごり》惜しい気持ちが湧き上がるが引きとめる理由もなく、軽く手を挙げて楢崎の背中を見送った。

ほんの一時間ほど前まで雨の中に佇む楢崎に警戒心を抱いて近づかないほうがいいと感じていたのに、妙な気分だった。岸尾は気難しい性格のため人と打ち解けるのに時間がかかるのだが、楢崎はいとも簡単にその懐に入ってきたのである。

（確かにあれでは濡れるな……）

傘はさしているが、まるで時代劇に出てくる遊び人の若旦那のようなふらふらとした足取りを見ておかしくなった。歩きながら霧雨に打たれる桜を見ているのだが、意外に風流なところもあるのかと思う。

学部を聞いておけばよかったと少し後悔するが、それに気づいた時にはすでに楢崎の姿は視界から消えていた。

しかし後日、講義を受けに教室に行った岸尾は、そこで楢崎の姿を見つけたのである。

同じ学部だということを知り、急速に親しくなっていったのは言うまでもない。国内海外を問わず男二人でよく旅行をしたのも、楢崎に誘われたからだ。

大雑把な男にプランを任せるととんでもないことになることも多かったが、それでも岸尾にとって学生生活が楽しいものとなったのは楢崎の存在が大きいのである。


「ありがとな～。お前のおかげで営業成績なんとか保てそうや」

結局、岸尾は自宅用の新しいコピー機と、書類を整理するための小さな棚を買わされてしまった。必要なものとはいえ、どうして毎度毎度同じことを繰り返しているのだと思うが、「買って」と甘えられ、ついつい財布の紐《ひも》を緩めてしまうのだ。営業成績はいいと聞くが、もしかして自分以外の男にもこうしてねだっているんじゃないかと疑ってしまう。

「おい、お前今晩暇か？　飯でもどうだ？」

「あ、今から高尾《たかお》教授んとこにメンテ行く予定。すまんな」

途端に岸尾はしかめっ面になった。楢崎の口から高尾の名が出ると、必ずこんな反応をしてしまう。

「高尾教授だと？　お前、この前うちのメンテの時に行くって言ったじゃないか」

「今日は定期メンテやない。調子悪いって電話があってな。呼ばれてるんや」

高尾教授とは、同じ大学で教鞭を執っている五十過ぎの教授だ。口髭《くちひげ》を生やしたダンディなおじ様だが、学生の間ではゲイと噂《うわさ》されている。真偽のほうは定かではないが、楢崎を頻繁《ひんぱん》に呼び出しているのは事実だ。

そのほとんどがコピー機の調子が悪いという理由らしいが、そう度々、不具合を起こすはずがない。点検をする楢崎もわかっているだろう。それなのに、こうして通うのはお得意様の言うことだからか、それとも特別な何か──考えたくはないが、肉体関係──があるからなのか。

しかも文房具はもとより、教授室に入れるロッカーや本棚など大型の事務用品なども楢崎のところから買っているのだ。おまけに担当が楢崎になってから急にというのだから、疑わずにはいられない。

これはもう、狙っていると思っていいだろう。

「高尾教授は金持ちで太っ腹やからな、よく高いレストランに連れていってくれるんや。今日は何喰《く》わしてもらおー」

「お前な、気軽に援助交際する女子高生のようなことを言うな」

「お前が奢《おご》ってくれるんなら、高尾教授の誘いは断ってもいいけどな」

「そのいかがわしい言い方はやめろ」

「あほう。教授の誘いを断るほど友達を大事にしてるって意味やん。喜べ」

軽く笑う楢崎の表情に、頬《ほお》が熱くなる。

岸尾が楢崎を諦めきれない理由の一つが、これだった。時折感じさせられる『特別な存在』というのが、岸尾をこの恋に繋《つな》ぎとめているのだ。楢崎にとって恋愛か単なる友情かなんて関係ない。他の誰でもない自分だけの特権を貰《もら》ったみたいで、諦めようとしても諦めきれないのだ。

「なぁ、俺、寿司喰いたい」

「そんなもん自分で喰え」

「じゃあ、高尾教授に奢ってもらお」

「給料前だ。宅配寿司にしてくれ」

即座に折れるところが悲しいが、惚れたほうが負けなのだ。ここはグダグダ言わずに高尾教授の魔の手から楢崎を守ることにする。

「センセー太っ腹〜。大好き」

調子のいいことを言う楢崎に、軽くため息をつく。

(こいつ、もしかしてわざと言ってんのか)

一瞬、自分の気持ちを見抜かれているのだろうかと岸尾は思った。わかっていておねだりしているのなら、相当の悪女ぶりだ。

女なら、男を手玉に取る売れっ子ホステスになっていたに違いない。

(はっ、馬鹿馬鹿しい……)

何事にも適当な性格の楢崎が、自分相手にそんな駆け引きめいたことをするはずがないと、軽く嗤《わら》ってその考えを一蹴《いっしゅう》した。

「あ〜、今日はもう仕事したないな」

「言うな、俺までやる気が削《そ》がれる」

飄々としていて仕事への真剣さや意欲があまり感じられない楢崎に会うと、岸尾まで仕事をする気が失せる。ある意味伝染病だ。

やる気や競争心を削いでしまう、現代社会に生きる者にとって致命傷になりかねない病気——楢崎適当病。

だが、サボるわけにはいかないと、岸尾は授業の準備を始めた。

「働かな飯喰えんもんな。面倒やけど、そろそろ高尾教授んとこ行ってこ」

「待て。俺も行く」

やる気のない楢崎に続いて、岸尾も教授室を出た。チャイムが鳴り、ゼミの授業を終えた学生たちが次々と教室から出てくる。

そして、途中で嫌な人物に遭遇した。

「高尾教授」

「あ、こんにちは〜。今伺おうと思ってたんです」

「やぁ、楢崎君。待っていたよ」

高尾教授は、楢崎にはにこやかな笑みを見せ、岸尾のほうには何やら挑戦的な目を向けた。これは明らかに、向こうにも敵対する気持ちがあるからだ。

岸尾と楢崎が大学の頃からのつき合いだというのは、高尾教授は知っている。

「……どうも」

相手は自分より地位のある男だというのに、岸尾は不躾《ぶしつけ》とも取れる態度でおざなりな挨拶《あいさつ》をした。

(俺は騙されねぇぞ)

心の中で挑戦状にも似た台詞《せりふ》を吐き捨てる。

いかにもな口髭だけではない。爪《つめ》は綺麗《きれい》に整え、岸尾には決してしないボディタッチを楢崎には頻繁にするのだ。これで疑うなというほうが無理だろう。

「すみません。また調子悪いそうで」

「いや、うちのゼミの学生が乱暴に扱っているのかもしれん。注意はしてるんだが。何度も来てもらってすまないね。君が見る時は調子がいいっていうのも申し訳ない気がして」

「ああ、それって電化製品なんかでもよくありますよ。調子が悪いと思って修理に来てもらうと直ってるっていう」

確かに岸尾にもそんな経験はあるが、さすがにこうも頻繁にとなると、意図的だと思わざるを得ない。

本当は下心あるんだろ——岸尾は疑いの眼差しを注がずにはいられなかった。

「ところで楢崎君。よかったら、今晩食事にでも……」

「このあとは、俺と寿司喰いに行く約束です」

つい横から口を挟んでしまい、自分の子供っぽさに舌打ちしたい気分だった。

楢崎の前だ。ここは大人な対応を見せて差をつけてやりたいところだが、不覚にも正反対の行動を取ってしまった。普段はクールと言われるだけに、己の失態を後悔する。

「ほぅ、そうか。残念だな。君たちは学生の頃からのつき合いだそうだな」

「そうなんですー。腐れ縁ってやつで」

「こいつとは、学生の頃からよく旅行もしました。こいつと海外に行くと、ゲテモノ喰わされて大変ですよ」

自分だからこそ知っていると言わんばかりの台詞を放ち、余裕の笑みを見せてやる。

「なるほど」

教授は意味深な口調で言って岸尾を見た。

バチバチと火花が散るんじゃないかと思うような睨《にら》み合いが、しばらく続く。

それでも楢崎は、呑気《のんき》に構えていた。「お前が原因なんだぞ」と言ってやりたいが、実行してもたいした言葉は返ってこないだろう。

楢崎はそういう男だ。

「そんじゃ、岸尾。あとでな～。じゃあ教授、行きましょうか」

促された教授は、楢崎は自分のものだと言わんばかりの視線を残して踵を返した。二人を見送るが、教授がさりげなく楢崎の腰に腕を回すのを見てとび蹴りを喰らわしたくなる。

（やっぱり狙ってやがる）

岸尾は思いきり不機嫌な顔をして、次の講義に向かった。学生たちから「今日の岸尾先生はきつかった」と言われるほど厳しく、容赦《ようしゃ》ない講義になったのは言うまでもない。


「なんでこんなに汚いんだ」

楢崎の部屋のドアを開けるなり、岸尾は思いきり不機嫌なしかめっ面になっていた。

脱いだ衣服はあちこちに散乱し、ゴミは山積みで足の踏み場もない。まるで空き巣にでも入られたかのような散らかりように、ため息を漏らさずにはいられなかった。

あれから人文学部で講義を行ってから教授室で書きかけの論文と四時間ほど向き合い、夜の七時過ぎに大学を出たのだが、仕事の疲れもまだ取れない状態でのこの惨状《さんじょう》は勘弁してくれと言いたくなる。

「俺、二週間前に片づけてやったよな？」

「そうやったか？」

「そうだよ」

「まぁ、そう怒るな」

「片づけろ！　出したモンは元のところに戻しゃいいんだよ。なんでそんな簡単なことができないんだ、お前はっ！」

思わず怒鳴るが、楢崎に小言が通用すれば今頃部屋は綺麗に片づいているはずだ。

「せめて脱いだ服は洗濯機に入れるか、畳《たた》んでしまうかどっちかにしろ。あと、食べたらゴミはゴミ箱に入れる！　わかったな！」

　とりあえずゴミ袋の山をベランダに出そうとキッチンの中に入り、両手に一つずつ抱えて次々と運んだ。今回はキノコは生えてないなと、苦い思い出を蘇らせながら柱をチェックする。

　しかし、ゴミ袋が半分ほどに減った時、岸尾は床に横たわっているとんでもないものを発見した。キノコどころの話ではない。

（こ、これは……）

　ゴミ袋を抱えたまま硬直し、じっとそれを凝視する。冷たい汗が背中を伝い、ゴクリと唾《つば》を呑んだ。呼吸が荒い。

　ゴミ袋の間から見えていたのは、赤いスリップを着た女の下半身――死体だ。

　なぜ、どうして、と答えを探すが、いくら考えてもわかるはずがない。こんなことをしている場合ではないと気づいて、急いでリビングにいる楢崎の元へ向かった。

「おい、楢崎っ、大変だ！」

「なんや？　そんなに慌てて」

　楢崎は、咥えタバコで洗濯物を取り込んでいた。相変わらず呑気な男だ。

　この浮世離れした男が、まさかこんな犯罪をしでかすなんて思えない。

「お前、何した？」

「何って……？」

　反応の鈍さは、さすがだった。あまりにのほほんとしているため、まさか自分の知らない楢崎が出てきて殺《や》ったのでは……、なんて二重人格の可能性を疑ってみる。精神鑑定に持ち込めば多少罪は軽減されるかもしれないなどと、被害者の家族には聞かせられないことを考えてしまっていた。

「女が死んでる」

「まさか」

「じゃあ、あれ見てみろ！」

指差した瞬間、ゴミ袋がガサガサと音を立てて、中から拳《こぶし》を握った手がニョッキリと出てくるではないか。ぎゃっ、と声をあげなかったのは冷静さを保てたからではなく、単に驚きすぎて声が出なかっただけだ。

心臓はばくばくと音を立てている。

「ん～、何～？」

死体が喋った。

いや、女は生きていたのだ。まるで二時間ドラマに出てくるような見事な死体っぷりに岸尾が一方的に勘違いしただけで、脈を診たわけでも呼吸を確かめたわけでもない。

しかし、赤いスリップ姿で大の字になってゴミ袋の山の中から出てきたのだ。死体と思われても文句が言えるはずがない。

（お、脅《おど》かすなよ……）

とりあえず、安堵《あんど》する。

女はゾンビさながらにむくりと起き上がると、眠そうな目で辺りを見回した。髪の毛はぼさぼさで、なぜか泥がこびりついている。

いったいどうしてこんな女が楢崎の部屋にいるのか――。

「ん～、あんた誰？」

それはこちらの台詞だと言おうとするが、案外自分のほうが邪魔な存在なのかと楢崎を見た。つき合っている女なのか、それとも行きずりの女なのか。

自分の知らない間に、楢崎が女とどうこうなっていたかと思うと嫉妬《しっと》心を燃やしてしまうが、楢崎も他人事《ひとごと》のような顔で首を傾《かし》げるだけだ。

「あの女誰？」

「『誰？』ってな。お前が連れ込んだんじゃないのか！」

「覚えてない」

「お、覚えてない～っ？」

素《す》っ頓狂《とんきょう》な声をあげているのは自覚していた。普段はクールで通っている岸尾だが、楢崎が絡むといつもこうだ。楢崎を好きになったばっかりに、二枚目のはずの人生はすっかり調子が狂ってしまっている。

「ふぁ～、よく寝たぁ～」

女は欠伸《あくび》をし、立ち上がるとコップに水道水を汲んでゴクゴクとすごい勢いで水を飲み始めた。それを見た楢崎がぼんやりと聞く。

「君、誰や？」

間の抜けた口振りに、思わず頭を抱えたくなった。彼女のほうはというと、自分がここにいるのが当然のような顔で手の甲で口を拭《ぬぐ》って二人を交互に見る。

「昨日飲んだじゃない。ほら、駅前の角打ちで。覚えてない？　香澄《かすみ》っていうんだけど」

「あー……、男に逃げられて荒れてた子か」

「そうそう！　電車に飛び込もうとしてとめてくれたでしょ」

「ああ、そうやった。自殺しようとしたんやったな」

咥えたタバコを指で挟んでふ～っ、と紫煙をくゆらせる姿に、脱力せずにはいられなかった。自殺をとめるような経験は、そうない。それなのに、忘れるなんてどうかしている。

（なんなんだ、こいつは……）

長いつき合いで楢崎がどういう人間かわかっているはずなのに、いまだにこの親友が宇宙人に見えてくることがある。ワレワレハ……、と言いながら、地球征服をしてしまいそうなのだ。

何百人何千人という楢崎がやって来て、地球をゴミ集積場さながらの汚部屋ならぬ汚惑星へと変えてしまうところを想像した。ゴミ集積場と化した中、楢崎がゴミ袋の間からお尻をぷりんと出して卵を産みつけるのだ。しかも、その横では楢崎の幼生が卵の殻を破って次々と出てきて、岸尾が火炎放射器で焼き払っている。

そこまで考え、あまりの馬鹿馬鹿しい妄想に頭が痛くなった。

いや、もしかしたらこんな馬鹿なことを考えること自体、腐れ縁の友人が宇宙人であることの証《あかし》のように思えた。これが楢崎流の世界征服の方法かもしれない。人間をアホにする作戦だ。

「で、もう死ぬ気は失せたんか？」

「当然よぉ。馬鹿馬鹿しくってさ。よく考えるとさ、ニューハーフなんてやってるともっとひどい目に遭ってんのよね～」

「ニュ、ニューハーフ⁉」

突然のカミングアウトに、岸尾は目を丸くした。

「あら、こっちの人、すごくイイ男ね。あたし元々男なのよー。でさー、同棲してた男にフラれたわけ。しかも有り金全部持ってかれちゃったわよ」

なるほど。男二人の前で自分が赤いスリップ一枚しか身につけていないことに動揺しないのは、元々男だったからだ。少し声が低いと思っていたが、ハスキーな声の女性というくらいだ。最近のニューハーフはレベルが高い。

「でもあんた、紳士だったわね。迫られるかと思ったけど」

「俺には男を抱くシュミはない」

「ぎゃー、失礼ね！　心は女よっ。それにあんた、改造したあたしの躰を見たいって言って、お股《また》の間に顔突っ込んでしっかり見たじゃな～い」

「お、お前。そんなことしたのか？」

呆れて楢崎を見ると、咥えたタバコを指で挟んで煙を燻《くゆ》らせ、思い出したように言った。

「ああ、すごかったなぁ。ちゃんと穴ぁ空いとった。技術の進歩やな」

ははっ、と笑う楢崎に頭を抱えた。いい歳していったい何をしているんだと、嘆きたくなる。

「なぁなぁ、それよりどーせなら一緒に寿司食べよ。こいつが奢ってくれるって」

「ほんと!? お寿司だぁ～い好き。ウニと大トロいっぱい入れてもらって！」

「何がウニと大トロだ。片づけが先だ！　寿司喰うならあんたも手伝え」

自殺を考えた翌日だというのに、とてもそんな深刻な悩みを抱えていなさそうな彼女はある意味楢崎といいコンビだ。類はなんとやら……、と思いながら、岸尾は強烈な二人を見比べるのだった。


約二時間――。

やり始めたらとまらない性格の岸尾は、顎《あご》で二人を使って楢崎の部屋を掃除した。見事に片づき、ちょっと前まで汚部屋だったのが信じられないほど見事な復活を遂げて岸尾は満足する。

いつも楢崎の身の回りの世話をするのは、この『成し遂げた感』が癖になっているのも理由の一つかもしれない。

「やっとお寿司食べられるわ～。あたしビール。みんなは？」

「俺も。お前もビールでええやろ？」

いつの間にか注文されていた特上寿司五人前はすでに届いており、三人は片づけたばかりの整理整頓された部屋でテーブルを囲んだ。

「きゃ～、美味しそ～。早く食べよ」

片づけを手伝ってもらったとはいえ、どうして見ず知らずの女、いや、ニューハーフにまで寿司を奢るハメになるんだと思ったが、それを口にするのも器が小さい気がして黙っていることにする。

「こら、散らかすな。醤油《しょうゆ》の袋はこっちだ」

「もう、喰う時くらい大目に見てくれてもええやろ」

「お前はそんなんだから部屋が片づかないんだ。片づけながら行動しろって何度言ったらわかるんだ」

「センセーは厳しいなぁ」

「え、この人先生なの？」

「准教授や。かっこええやろ」

「えー、先生ってあたしきら〜い。顔がよくても絶対ダメ。受けつけない」

「じゃあ喰うな」

「何よ。ケツの穴の小さい男ね。イイのは顔だけ？」

「女がケツの穴なんて言うな」

「ニューハーフだもーん」

「まぁまぁ」

ちくはぐな三人はテーブルを囲み、次々と特上の寿司を胃袋に収めていった。

ここまで片づいているとやはり食事も旨《うま》い。惚れているとはいえ、自分がよくこの大雑把な友人と長いことつき合ってこられたなと改めて感心する。潔癖性とまではいかなくても、几帳面な性格の岸尾は楢崎と出会う前まではどんなに好きになった女でも、ちょっとだらしない部分を見るとすぐに冷めた。

高校の時、ポケットの中からいつから入っていたのかわからないようなくしゃくしゃのハンカチが出てきただけで、クラスの野郎どもがこぞって狙っていたテニス部の女をその日のうちにふったこともある。

それなのに、どんなに部屋が汚くとも楢崎に対する気持ちに影響することはないのだ。

ここまで適当だと、逆に感覚が麻痺《まひ》してしまうのかもしれない。

(しかし、なんでこんなに変わってるんだ)

岸尾は、この状況を見て改めてそう思った。楢崎がいなければ、ニューハーフと一緒に寿司を食べるなんて経験はしないだろう。

大学の頃、旅行先でもよくこうして見ず知らずの現地の人間と食事をした。おかげでこうもりの姿焼きやらサソリの揚《あ》げ物やら、日本では誰もが避けて通る食材まで口にしなければならなかった。

あの恨みは忘れてはいない。

(大体、こいつはどこにでも馴染みすぎるんだよ……)

物怖じしないと言えば聞こえはいいが、しなさすぎる。つき合わされるほうは、たまったものではない。記憶が一つ戻ると、次々とトラウマが蘇ってくる。

最悪だったのは、イタリアで出会ったカース・マルツゥという伝統のチーズだった。

簡単に言えば、蛆蟲《うじむし》が湧いたチーズだ。気が触れているとしか思えない。

この異様な食べ物はチーズを外に出しておき、チーズ蠅《ばえ》に卵を産みつけさせて卵が孵《かえ》るのを待つ。

そして、蛆の活発な活動により上手い具合に発酵したところを蛆ごと食すのである。

ほどよい酸味と風味が味わえると一部の愛好家の間では絶賛されているが、なんせ蛆蟲だ。食品安全上販売が禁止されているほどで、闇で売り買いされる危険極まりない食材なのである。

「何難しい顔してんねん」

「思い出したんだよ。お前と行った旅行先で滅茶苦茶なもん喰わされたの。蛆蟲チーズは一生忘れんぞ」

「あ〜っ、それ知ってる。いや〜っ、そんなもん食べちゃったの？」

「なんでも食べてみんことにはわからんやん。俺は結構好きやったけどな」

平然と言ってのける楢崎に、あんなゲテモノをよく口の中に入れられたなと思う。

そうやって教授のことも喰ったのか——。

つい、品のないことまで考えてしまう岸尾であった。

「あ〜、美味しかった〜」

三人でビールを飲みながら寿司をたらふく食べ、夜の十一時過ぎに彼女は上機嫌で部屋を出ていった。彼女が何か振っ切ったような顔をしているのを見て、この常識外れの宇宙人も案外人の役に立つもんだなと感心する。

「頑張ってなー」

ベランダから手を振り、タクシーに乗り込む彼女を見送ってから部屋に戻る。

「寿司、旨かったなぁ。旨い魚で鮨《すし》って、まさにその通りや」

「お前な、誰かれ構わず家に連れ込むのはやめろ。危険だぞ」

「じゃあ、お前のことも連れ込むのやめよかな。危険や」

「……お前な」

「嘘《うそ》や。あ、そうそう。今日な、教授に旅行しようって誘われてしもた」

「やめとけ」

ピシャリと言ってやると、意外にも素直な言葉が返ってくる。

「お前が言うなら行かん」

ソファーに座って旨そうにタバコを吸いながら、ぼんやりと返事をする楢崎に、男が疼《うず》いた。

酒のせいだろう。目許が少し赤く目もトロンとしている。意識していないのだろうが、岸尾に送られる流し目は色っぽく、まるで誘われているような気がした。

しかも、「お前が言うなら行かん」だ。

なんて罪深い言葉だろう。深い意味がなくとも、惚れた男はその言葉に期待してしまう。

「教授には気をつけろ。食事も行くな」

それだけ言い、場を持たせるために自分のタバコを探した。ハンガーに掛けていたスーツの上着ポケットからそれを取り出す。

火をつけようとしたが、楢崎の呼吸が深くなっているのに気づいた。

振り返ると、もう寝ている。

「ったく、危ないじゃないか」

指に挟んだままのタバコを抜き取り、灰皿で消した。風邪をひかないよう毛布を出してきて被せてやるが、あまりに無防備な姿に間違いを犯してみたくなる。

「……襲うぞ」

そんなことできもしないのに、寝ている楢崎に向かって言ってみる。男心は複雑だ。

どうしてこんな男を好きになったのだろうと、いつも思う。毎日のように、だ。

性格が正反対だからこそ、合うのかもしれない。確かに、楢崎が自分と同じように気難しい人物なら息苦しくて一緒にいられないだろう。けれども、それだけじゃない。

見た目と中身のギャップ。そして、岸尾から見ると非常識極まりない行動の数々。そして、楢崎がいつも纏っている空気。

言葉にしてしまうと途端にチープになるが、存在そのものに惚れているのだ。

「お前、教授とは本当に何もないのか？」

楢崎が持つ忍び寄る色香が男同士の禁断の関係によるものかもしれないと思いながら、楢崎を起こさないよう髪の毛にそっと触れた。

手触りはよく、指で梳《す》くとサラサラと指の間を通る。女顔でも派手な美しさを持っているわけでもないのに色香を感じてしまうのは、楢崎が浮世離れしているせいだろうか。

まるで、神様が気まぐれに作って置いていったもののようだ。岸尾と同じ形をしているが、まったく別の存在に思えてくる。

ゴクリ。

喉《のど》が鳴ったのは、生唾を呑み込んだからだ。

ネクタイを緩めているため、シャツの間から覗《のぞ》き見える肌にやけにそそられる。あからさまに晒《さら》されるより、こうしてほんの少し見せられるほうが欲望を刺激されるのだ。

さらにその奥を覗き込みたい――。

そんな誘惑に駆られた岸尾は、誘われるまま深く考えもせず胸元に手を伸ばした。

肌に触れてしまわないよう襟《えり》の下に指を入れ、そっとシャツをずらしてみる。そして楢崎が目を覚まさないのをいいことに、今度はボタンを一つ外した。そして、もう一つ。

ひとたび自分を見失うと、己をとめる術《すべ》が見つからず誘われるまま行動を起こす。

しかしその時、ハンガーに掛けたスーツの上着の中で着信音が鳴った。

（あ、危ない……）

取り返しのつかないことをするところだったと我に返り、急いで楢崎の傍から離れた。

「何やってんだ、俺は……」

頭を抱え、自分を我に返してくれた音のほうに目をやるとため息を零し、足を引きずるようにしてそれに近づいていく。

（大学から……？）

ディスプレイに表示された番号を見て、岸尾は首をひねった。こんな時間にかかってくるのはめずらしい。

あまりいい知らせじゃない気がして電話に出ると、その予感は的中する。

「高尾教授が……?」

それは、予想だにしない現実――教授の訃報《ふほう》だった。


雨だった。

通夜の会場は、参列者が持つ傘で溢《あふ》れていた。葬祭場は新しく、モダンな造りで独特の暗さはどこにもない。エントランスはホテルのロビーさながらで会葬者のためにラウンジが用意されており、自由にコーヒーや紅茶が飲めるようになっている。

早く来すぎたと思っていたが、受付を済ませて中に入ると、かなりの人の姿があった。祭壇は立派で、教授がどれだけの人物かを象徴しているようだ。献花も豪華で、会場には地位のありそうな人物も多い。

岸尾は、その中に楢崎の姿を見つけた。

担当営業だったのなら、来るのは当然だ。

「おい」

「なんや。センセーもいたんか。ま、同じ大学やし、当然やろな。しかし、立派やな」

楢崎も同じ感想を抱いたらしく、祭壇を見ながらゆっくり言った。タバコが吸いたくなったと言ってホールの外にいったん連れ出され、ラウンジでコーヒーを貰う。

「やっぱり雨だな」

窓の外を見ながら言い、チラリと楢崎に視線をやった。

喪服姿の楢崎は、どこか色っぽく感じた。普段も時折ハッとするような色香を見せるが、今日はそれとは違う。女の喪服姿に欲情する男がいるが、今ならその気持ちがわかる。

真っ白なワイシャツに黒のネクタイ。黒のスーツ。悲しみの色を纏った楢崎は、どこか儚げで頼りなく見えた。

心の拠《よ》り所を失ったように見えるのは、教授との間を勘ぐっている岸尾の色眼鏡のなせる技なのか、それとも、楢崎の中に失ったものへの想いが本当にあるからなのか――。

長いつき合いといえど、恋愛が絡むと人の気持ちは途端に見えなくなる。

と、その時。

「嫌だ～っ、せんせぇ～」

祭壇のあるほうから、鼻にかかった男のかん高い声がした。これから通夜を執り行おうとしている場所にはあまりに不釣り合いで、ギョッとする。

「……なんだありゃ」

会場は、異様な雰囲気に包まれた。覗いてみると、二十代前半の若い男が棺《ひつぎ》に縋《すが》りついて泣いている。ひそひそと話をする参列者たちの表情には、明らかに嫌悪の色が浮かんでいた。

しかし、どんなに注目を浴びようが軽蔑《けいべつ》されようが彼はまったく気にならないらしく、声をあげて泣くのをやめようとはしない。

「教授のコレや」

耳打ちされ、目を丸くする。

「教授がゲイだって噂、本当だったのか？」

「なんや。お前も知っとったんか。俺がメンテやってた時はぴんぴんしてたのに、突然逝《い》くなんて罪な男や」

小指を立てているところを見ると、青年のほうが女役ということだ。つまり、楢崎がもし教授と関係を持っていたのなら、抱かれていたということになる。

（あの、ホモ野郎……）

まだそうと決まったわけではないのに、敵愾心《てきがいしん》をメラメラと燃やしてしまう。

遺影の中の教授はお洒落《しゃれ》でダンディなおじ様で、まだ手を出せないでいる岸尾を嗤っているように も見えた――君みたいな若造には、一生かかっても落とせないよ、と……。

「せんせぇっ。愛してたのにっ、どうして死んじゃったんだよぅ」

大声で泣き続ける青年に、参列者たちは見て見ぬふりをするだけだ。

若い男は叩《たた》き出されるかと思ったが、遺言でもあったのだろうか。離れたくないと泣き縋る彼に、親戚らしき人物が丁寧な態度で声をかけ、別室へと案内する。

力なく項垂《うなだ》れながら連れていかれるその背中は細く、打ちひしがれていた。

「よっぽど可愛《かわい》がってたんやな」

ポツリと漏らされた言葉に、心臓が跳ねる。

（楢崎……？）

青年をじっと見る楢崎の表情からは、どんな感情も読み取れなかった。ますます楢崎と教授の関係が気になってくる。

本当に二人の間には何もなかったのかと、疑念を抱いてしまうのだ。

自分こそ本命だと思っていたが、いざ教授が亡くなると可愛がっていた別の青年が出てきて、遺体に縋りつく。遺族たちも黙認しているのを見て、自分との関係がただのお遊びだったと思い知らされるのだ。

そこまで想い描き、そんなのは自分の勝手な妄想だと頭から叩き出す。

「通夜、出る気失せたわ。人も多いし、どーせわからんから抜け出そ」

「あ、おい。待てよ」

一人会場を出る楢崎を追い、岸尾もエントランスに向かった。すでに建物の外にいる楢崎を見失わないよう注意しながら傘立ての鍵をポケットから出して、傘を手に楢崎を追う。

（お前、教授と関係があったのか……？）

聞きたいが、さすがに聞けない。

もし、この男が本気で教授を好きで関係を持っていたのだとしたら、あの青年の存在はショックに違いない。

（どうすりゃいいんだ）

追いついて傘をかざしてやるが、すぐ隣に並んで歩いても何も話そうとはしなかった。

「どうした？」

それだけ声をかけるのにも、勇気が要《い》った。

楢崎から突然、思いもしない告白をされそうで怖かったのかもしれない。もちろん、岸尾への甘い告白などではなく、本命だと思っていた自分がただの遊びだったとわかった今の心の内についてだ。

「しかし、すごいなぁ」

「え？」

「あんなふうに人目を憚《はばか》らず感情を出せるなんて、よっぽど好きなんやろな」

落ちてくる雨をぼんやりと眺めながら、のんびりとした口調でそんなことを言う楢崎は普段とは違って見えた。

（どういう、意味だ……？）

歩いていく楢崎についていくことしかできず、岸尾は戸惑っていた。

「濡れるぞ」

「霧雨や。濡れてもええ。濡れるの嫌いやないし、傘さすの面倒や」

ますますもって教授との間を勘ぐりたくなる態度だ。

「風邪ひくぞ」

その言葉に、楢崎は岸尾を見上げて目を細めて笑った。

「お前、優しいな」

「！」

心臓がバクバクと音を立て、手には汗がじっとりと滲《にじ》む。

岸尾は不謹慎にも、楢崎に欲情していた。

今なら、何をしても抵抗などされない気がしたのだ。いや、それだけじゃなく、躰で慰めて欲しいと言われているんじゃないかという期待すら抱いている。かなりの重症だ。

（弱みにつけ込むようなことはするな）

自分に言い聞かせるも、状況は岸尾を誘惑する。二人の先には職員用らしき狭い駐車場があり、建物に囲まれている。

ボイラーの音が物音を搔《か》き消し、容易に姿を隠すことができるのだ。

通夜を抜け出してきたのだから人目を避けられる場所を選んでいたのはある意味道理だが、この状況が岸尾の下心をくすぐり、背中を押す。

（やばいな……）

なんとか自分を押しとどめようとしても、楢崎のほうが積極的に奥のほうへ足を運ぶ。

どうしようもないというのは、ただの言い訳だろうか。

「おい、楢崎。ちょっと待て」

腕を摑むと、楢崎はようやく立ち止まった。

「なんや？」

唇に目が行く。

こんなに赤い色をしていただろうか。こんなに柔らかそうだったろうか。こんなに、吸いついてむしゃぶりたい衝動に駆られるような挑発的な形をしていただろうか。

魔に魅入られたように、楢崎のそれを凝視してしまうのをどうすることもできない。

岸尾は、ゴクリと生唾を呑んだ。

(もう、どうにでもなれ……)

自棄《やけ》というより、一か八かの勝負みたいなものだった。

「どうした？　俺の顔に何かついて……」

岸尾は持っていた傘を手放し、楢崎の肩を摑んだ。そして物影に連れ込んで唇を奪う。

「うん……っ」

こんな行動に出るなんて、自分でも驚きだ。

楢崎は一瞬素直に応じたようだったが、単に驚いて抵抗できなかっただけのようで、すぐに顔を背けて岸尾のキスから逃れようとする。腰に腕を回して掻き抱くと、ますます抵抗された。

今さらそんな態度を取るなよ……、とどこかで聞いたことのあるような台詞を心の中で呟き、口内を蹂躙《じゅうりん》する。

すると、次第に抵抗は弱々しくなっていった。やはり慰めて欲しかったんだなと、勝手な決めつけで自分の行動を正当化する。

「ん、んっ、……ぅん、………んっ」

舌を絡ませ合い、きつく吸って思いきり堪能した。唇を解放してやろうと思ったが、二人のそれが離れる寸前、急に手放すのが惜しくなって再び思いきり唇を押しつけた。とまらない。

「うん……っ、んっ、……んぁ……」

楢崎の息はますます上がっていき、膝《ひざ》を崩しそうになりながらもなんとか堪《こら》えていた。キス一つでここまで蕩《とろ》けるなんて、どんなふうに仕込まれたんだろうと教授の顔が脳裏をよぎる。

「ぁ……」

いったん唇を放して強く見つめると、楢崎が濡れた瞳で岸尾を見つめ返す。

「教授のことなんか、忘れちまえ」

思わず漏らした言葉に、何か言い返そうとしたようだが、何も言わせないとばかりにもう一度言った。

「あんな男のことなんか、忘れちまえ」

「お前……」

楢崎が戸惑っているのをいいことに、耳の後ろに顔を埋めて柔らかい肌を唇でついばんだ。

「ぁ……っ！」

白檀《びゃくだん》のような微かな体臭。一気に下半身が熱くなり、自分の中の獣が暴れ出すのを感じる。すぐにでもスラックスを下ろして楢崎に突き立てたいという衝動と闘いつつ、じっくりと味わう。

「はぁ……っ、……ぁ……、……んぁ」

滑らかな肌を堪能しながら、昔見た二時間ドラマの中で、喪服を着た女に欲情するシーンがあったのを思い出した。

確かに、喪服というのはそそる。死を目にしたことにより　種を保存させようという欲求が無意識に働くのか、それともいけないことをしているという状況が本能を刺激するのか――。

「……っ！　……ぁ」

首筋にキスをすると、躰が小さく跳ねたのがわかった。ここが感じるのかと思うと、下半身はより熱くなり、暴走を始める。

楢崎が欲しくてたまらず、ここまでしてしまえばあとは同じだと開き直った。

「な、何やって……、馬鹿、……やめろ……。こんな時に、……不謹慎や……」

再び抵抗を始める楢崎に、教授への想いを見せつけられたような気がした。しかし、好きな男を失ったばかりの人間が他の男の手に堕《お》ちる姿というのはそそる。寂しさを紛らわせたくて、心とは裏腹に躰が男を求めているのかもしれない。

こんな形で楢崎に触れることに、罪悪感がなかったわけではない。興奮の中で躰に手を這《は》わせながらも、自分はなんて卑怯《ひきょう》な男なんだと何度も思った。

けれども、積み重ねてきた気持ちが罪の意識を消し去ってしまう。

「今さら、やめられるか」

岸尾は楢崎の膝を割り、腿《もも》の内側を擦り合わせてすでに勃起した自分を押しつけた。そして、スラックス越しにお互いのものを刺激し合う。

挿入した時のようにわざといやらしく腰を回してみせ、お前に挿《い》れたいと主張した。

「……あ、……あかん……気持ち、よ……なってきた……」

戸惑いに濡れた掠《かす》れ声は色っぽく、どうしてもこの男が欲しくなる。まさかこんなに感度がいいとは思わず、これも教授に仕込まれたからなのかと、ますます嫉妬の炎を燃やしていた。

「そんなに、いいのか?」

「お前、が……そんな、……とこ、……触るから、や……っ、――ぁ……っ」

「じゃあ、ここでやるか?」

「やめ……、……誰か、……見られる」

愛撫《あいぶ》するごとに、面白いほど色づいていく。

「俺は見られてもいい」

「あ、あかんて……。……教授の、通夜やぞ」

このますんなり自分に流されるかと思っていただけに、まだわずかに理性を残しているところにもそそられた。堕ちそうで、なかなか堕ちない。ふらふらとしながらも最後のところで懸命に堪えている。

いつも飄々としている楢崎が、こんなふうに焦るのも刺激的だった。

どんなことにもたじろがない男だったのに、自分の愛撫には反応するのだ。それは、長年楢崎を想い続けてきた男にとって、これ以上ない悦《よろこ》びだった。

「我慢、できん。……も……零し、そや」

観念したのか、自分で自分を扱こうとしているのに気づき、そうはさせまいと腰と腰をしっかり密着させて阻止した。

「ダメだ」

「ダメて……、なんで……」

「俺がいいって言うまでイクな」

「……そんな……、なんで……お前の、許可、取らな……、……いかんねん……、……ぁ」

わざと腰を回して楢崎を刺激すると、顕著な反応が返ってくる。

岸尾は、楢崎がこうも素直に応じるのは、やはり教授に本気だったからだと決めつけていた。本命がいる男を好きになった楢崎は、夜な夜な躰を疼かせて、好きな男からの電話を待っていたのだ。大人の躰は、長いこと放っておかれて限界を超えている。

「岸尾……、はよ、触って」

おねだりされ、「ほらみろ……」と自分の妄想が当たっていると誰にともなく主張し、疼く楢崎に牙を剝く。

躰に籠もる熱をどうにかしたいと訴える楢崎は、妖艶だった。雨に濡れたからか、髪の毛から滴るしずくが首筋を濡らしている。それを舌で舐《な》め取り、耳朶《じだ》を優しく愛撫して不意をつくように強く噛《か》んでやった。

「——痛……っ」

岸尾はすかさず手探りで楢崎のファスナーを下ろし、スラックスの中に手を入れる。そして、下着越しに中心に触れてくびれをなぞった。

「下着が濡れてるぞ」

「ぁ……っ」

言葉になのか、それとも直接与えられた刺激になのか、楢崎はイイ反応を見せてくれた。

シルクのような手触りの下着だからか楢崎の形がよくわかり、今度は見たいという欲求に駆られ、視線を下へと移動する。すると、ファスナーの間から濃いグレーの下着とそれに収まりきれずにいる楢崎自身が見えた。

「お前、ビキニに変えたのか」

からかうように言い、下着をずらして中心を直接掴む。以前、部屋に散乱した洗濯物を片づけた時はボクサーパンツだった。

（教授の趣味なのか……？）

男のナニなんて見慣れているのに、楢崎のだと思うと興奮した。

「……そんな、……見ん、な……」

「見たっていいだろ。俺のも見せてやるよ」

「ぁ……っ、……あっ！」

岸尾は自分のを取り出すと、お互いのものを一緒に握り込んでゆっくりと上下に擦った。人気《ひとけ》がない場所とはいえ、なんて大胆なんだと自分のことながら感心する。

しかし、楢崎の切なげな喘《あえ》ぎ声を耳元で聞かされながらイケナイ行為に興じていると、理性など簡単に消えてなくなった。

「挿れたい、挿れたい」と自分の中の獣が訴えているのがわかる。そして、楢崎のほうも、躰がねだっているように思えた。小さくあがる声や、小刻みに漏らされる吐息。そのすべてが岸尾を誘っている。

（お前は、俺のものだ……）

雨脚が次第に強くなってきて、その音に包まれる。雨音の中で、岸尾は死んだ教授に向かって楢崎の所有権を主張するかのように自分の痕跡《こんせき》を植えつけていった。


雨の音を聞くと、心が騒ぐ。

教授の通夜でとんでもないことをしてからというもの、岸尾はずっと同じことばかりを考えていた。あの感度。色気。欲望に火のついた楢崎は、これまで抱いたどんな女よりも岸尾を奮い立たせた。

自分の中にあんなに激しい獣がいるのかと思うほど我を失い、今は楢崎という男に取りつかれている。

「えー、この『社会分業論』は、十九世紀に急激な社会変動が起きる中でデュルケームが提唱したフランスの代表的社会学の……」

教壇に立った岸尾は、頭の片隅で楢崎の嬌態《きょうたい》を思い出しながら講義を行っていた。

気難しいことで有名な准教授が、淫《みだ》らな妄想にふけりながら講義をしているとは誰も思わないだろう。学生たちはみんな岸尾のほうを向いており、居眠りしたり携帯を覗いたりするような人物は一人もいない。

岸尾の講義は、厳しいことで有名だ。

遅刻三回で欠席一回の扱いになり、前期だけでも欠席が三度あると特別な理由がない限りは試験の時にマイナス二十点することになっている。また、講義中に内職などしようものなら叩き出して欠席扱いにし、代返すれば頼んだほうも頼まれたほうも問答無用で単位を与えないことにしている。

岸尾のゼミを取ろうなんて学生は、本当にやる気のある学生か岸尾の恐ろしさを知らずに来てしまった不運な学生、もしくはそれを承知でやって来るような岸尾ファンだ。

しかし、人文学部では一般教養に岸尾の社会学論が組み込まれているため、避けては通れぬ難関となっている。

「では、先週もやったと思うが、デュルケームの『社会分業論』とはどういうものか。そこの君」

「はい、えっと……」

一年生の一般教養の講義では、それほど厳しくしているつもりはないが、それでも学生たちは困惑気味だ。自分が指されるとは思っていなかったようで、慌ててノートをめくっている。

「彼がこの著書で何を論じているのかを簡単に説明すればいいんだぞ」

「はい……それは、えっと……」

「君は前回の講義は出てないのか？」

「い、いえ。出席しました」

「じゃあ、隣の君」

やっぱりきた、という顔をしたのは、友人らしき女子学生だ。その辺りに座っている学生たちは、いつ自分に回ってくるのかと身構えている。

「えっと……分業が、社会道徳に及ぼす機能について論じています」

「そうだな。機能主義研究のさきがけでもあった彼は、それでまず分業が発達した社会とそうでない社会を比較して分業の発達が社会生活を営む人々の道徳観にどんな影響を及ぼしているかを客観的に分析しようとしたわけだ。その時に資料の一つとして分析したのが犯罪に対する罰則だというのはやったと思うが、じゃあ、法律をどう分類したのか……。続けて同じ君」

「抑止的法律と復元的法律です」

「抑止的法律とは？」

「罪を犯した人に苦痛を与えることを目的にした法律で、刑法的特徴を持つものです」

「もう一つは？」

「損害賠償などで罪を償わせて、犯罪が起きる前の状態に戻そうとする法律です」

「よろしい。では、『社会分業論』と並んで有名なデュルケームの著書は？　君にもう一回チャンスをやろう」

「えっと……わかりません」

　先ほど答えられなかった学生を指すが、彼女はここでもまたおたおたするだけだった。

「『自殺論』だ。覚えておけと言ったはずだぞ。基本中の基本だ。この程度のことは常識の範囲と思ってないと、単位は取れないぞ」

「はい」

「座ってよろしい」

ホッと胸を撫で下ろしているのが、遠目に見てもわかる。

その時、講義終了のチャイムが鳴った。

「それでは、今日はここまで」

教科書を閉じて教室をあとにする。

講義が終わると、岸尾は教授室に戻って自分の机につき、頬杖《ほおづえ》をついたままぼんやりとした。喪服姿の楢崎が頭から離れない。

あの黒いネクタイを解き、白いワイシャツの中に手を入れ、首筋に唇を這わせたのだ。いまだに信じられず、何度もその感覚や反応を思い出してみる。

記憶は鮮明だ。

『……あ、……あかん……気持ち、よ……なってきた……』

滅多に聞くことのできない、上ずった声。

普段から飄々としていて摑みどころのない楢崎が、岸尾の手淫に身をよじり、甘い吐息を漏らしたのだ。

あの時だけは、岸尾のものだった。

何度打ち消そうとも、目許を微かに紅潮させながら瞳を潤ませている楢崎の姿がすぐに脳裏に浮かんでくる。楢崎の感度のよさが岸尾には嬉しくもあり、悔しくもあった。

ああいったことに慣れているのか――そう思うと、居ても立ってもいられなくなった。摑みどころのない友人は、常識で理解しようとしてもできない部分がある。

もしかしたら、教授以外にも……。

ひと度そんな疑念に取りつかれると、抑えきれない嫉妬心でどうにかなりそうだった。

（呼び出してみるか……）

ふいにそんな考えが浮かんだ。高尾教授がよく使っていた手だ。コピー機の調子が悪いと言えば、すぐにでも飛んでくるだろう。

（駄目だ。俺は、教授とは違う）

まるで権力を誇示する人間のようで、友人相手にそれだけはしてはいけないと自分を押しとどめた。

しかし、再び自分の愛撫に頬を染めながら身をよじる楢崎の姿が蘇ってきて、教授に死なれて寂しい男を放っておいていいのかと、もう一人の自分が都合のいいことを主張し始めるではないか。こうしている間に、他の男が楢崎を慰めようとしているかもしれないなんて、悪魔のような囁《ささや》きが聞こえてくる。

（くそ……）

どうにも抑えられなくなり、すぐにでも真相が知りたくなった岸尾は受話器を取ると、直接楢崎の携帯にかけた。運転中のメッセージを聞かされるが、五分後に折り返しかかってきた電話で約束を取りつける。

楢崎が来るまでに対人行動に関する論文を片づけることにし、集めた資料やデータをもとに分析を繰り返していくが、時折楢崎のことが脳裏をよぎって集中できない。

結局論文はほとんど進まないまま時間だけが過ぎていき、午後七時を回る頃、楢崎は傘を手にやってきた。

「遅れてすまんな」

楢崎は、今日も少し濡れていた。

「雨降ってたのか」

「ちょっとな。風強いから、途中から傘畳んできた。雨自体はそんな降ってない」

コートについた水滴を払う楢崎は、通夜の時のことなど忘れてしまったかのようにいつもと変わらない態度だった。

「コピー機調子悪いて？　どんな具合？」

「それは……」

「ん？」

「すぐに紙詰まりを起こすんだよ」

呼び出したはいいが、理由を考えていないことに気づいて慌てて適当なことを言ってみる。すると楢崎はスーツの上着を脱いで袖《そで》をまくり、コピー機の前にしゃがみ込んで点検を始めた。

「ローラーが消耗してるのかもなぁ。何枚か印刷してみてええか？」

中に手を突っ込んで作業を始める楢崎の背中を、視姦するように見てしまう。細い。

今日は薄いピンストライプの柄が入ったワイシャツだが、真っ白なシャツと違ってこれもいい。はぎ取りたくなってしまう。

「ちゃんと紙出てくるけどなぁ。ローラーも問題ないみたいやし。なんでやろ」

嘘だからだよ。

心の中でそう呟き、そっと近づいていく。

「普通に動くぞ。本当に壊れとったんか？」

「……ああ」

岸尾は、上の空で返事をした。頭の中は楢崎をどうしてやろうかという思いでいっぱいだ。そんなことをするために呼び出したのではないと言い聞かせるが、自分をとめられない。

岸尾は頭の中でワイシャツを脱がせ、後ろから犯してみた。コピー機に押しつけるようにして抱いてやると、楢崎は信じられないほど乱れてくれる。大事な人を失ったばかりの男は、悲しみから逃れようと敢えて積極的に躰を開くだろう。

「変やな。どこもおかしく……」

言いかけて、岸尾の視線に気づいて怪訝《けげん》そうな顔をする。

「なんや？」

「濡れてるぞ」

短く言い、髪の毛を指でつまんだ。水滴が落ち、指から手のひらへと伝う。濡れた指で首筋に浮かんだ血管をそっとなぞり、ワイシャツの襟に触れた。

楢崎もようやく岸尾の意図がわかったようで、探るように瞳を覗き込んでくる。

「もしかして、これが目的か？」

楢崎の表情からは、動揺は見られなかった。

落ち着いた態度がすべて承知で来たと言われているようで、岸尾は言葉で答える代わりに手のひらで首筋を撫でるようにして上を向かせ、唇を重ねる。しかし、いったん行動に移すと微かに抵抗され、楢崎の動揺を感じた岸尾は浅ましい興奮に見舞われた。

戸惑う相手に対し、強引に迫って奪うなんて使い古されたシチュエーションだが、男なんて単純なもので、興奮はより大きくなる。

（俺は、何をやってるんだ……）

己の浅ましさに呆れながらも、岸尾は楢崎の躰に火を放っていった。一風変わった友人にこんなふうに触れることができるなんて思っていなかったなと、見るだけしかできなかった頃の記憶を蘇らせていた。


楢崎との思い出は、驚きと困惑がいつも傍にあったように思う。

大学二年の八月。

岸尾は、夏休みを利用して楢崎とともにベトナムに来ていた。雨男が一緒だったが、この時はめずらしく晴天で太陽はジリジリと世界を焼いていた。ジーンズとTシャツというラフな格好でもかなり暑い。

額には汗が浮かび、髪の毛が少し濡れて貼りついていた。

「なぁ、さっき頼んだのってなんだ？」

「まぁまぁ。そのうちわかるて」

激安ツアーで申し込んだため、オプショナルツアーなんて気の利いたプランはなく、すべて自由時間になっている。ここで、楢崎の本領発揮というわけだ。

楢崎が入った食堂で、どんなものが出されるのかわからず岸尾は身構えていた。

「変なもんだったら喰わねぇぞ」

言いかけた時、店員がゴトン、と威勢よくテーブルに料理の載った皿を置いた。褐色《かっしょく》に焼けた肌の男は、黄ばんだ歯を見せてにっこり笑う。さも嬉しそうに持ってくるのはなぜなのか——すぐに、答えは見つかる。

二つ置かれた皿のうち一つは野菜炒《いた》めだったが、もう一方の皿に載っていたのは何やら細い脚が六本ほど生えたこげ茶色の物体だ。

「……なんだ、これは」

「イナゴのから揚げや」

「ま、またこんなもん頼みやがって」

店員の嬉しそうな笑みの原因はこれかと、いかにも旅行者が旅の土産話にしそうな食材に顔をしかめた。

イナゴのから揚げなんて、人間の食べるものではない。日本でも地方によってはイナゴや蜂《はち》の子を食べたりするが、少なくとも岸尾は食べたことがなかった。もちろん、食べようと思ったことも……。

「お前、本気で喰うのか？　虫だぞ」

「当たり前やん。経験は大事にせんとな」

あ〜ん、と大きな口を開けてイナゴのから揚げを放り込む楢崎を、岸尾はただ唖然《あぜん》と見ていることしかできなかった。

楢崎は物怖じせず、口の中でシャリシャリと音を立ててそれを噛み砕き、最後にはゴクンと呑み込んでしまった。

「ほ、本当に喰いやがった……」

「結構いけるな。旨い旨い」

そう言って隣の席にいる現地の人間に向かって親指を立てて「Good」とやってみせる。

「お前も喰えばええやん」

「いや、俺はいい」

「せっかくやからチャレンジせい」

そう言って箸《はし》でつまんだイナゴを岸尾の小皿に放り込む。

「人の皿にそんなもん入れるな！」

「なんで？　結構旨いて」

「いるか！」

「香ばしくて、中が柔らかくて……」

「——言うな！　それ以上言うな！」

耳を塞ぐが、目の前では楢崎が二つ目のイナゴを口に放り込み、じっくり味わっている。

「野菜炒めだけで足りるんか？」

「俺はまともなの注文する。すいませ～ん、あの人が喰ってるやつください」

ジェスチャーを交えて注文すると、店員はニコニコと笑ってベトナムの代表的麺《めん》料理を持ってきた。

その頃はまだフォーという料理は身近になく、鶏《とり》ガラや牛骨のスープが漂わせるいい香りと白くて平たい麺に食欲を刺激された。しかし、箸をつけようとした途端、茶色い物体が放り込まれる。

イナゴと目が合った。

「イナゴラーメン」

「やめろっ！」

箸でつまんでそれを皿に戻し、手で器を覆いながら自分の飯を死守した。

イナゴは正直勘弁だったが、時間を気にせず予定も立てずに日がな一日適当に過ごすのはこの上ない贅沢《ぜいたく》だった。一緒にいるのが楢崎というのも、大きいのかもしれない。

細かいことは気にせず、悪く言えばアバウトでよく言えばおおらか。一風変わった友人は気難しい男にとっては、恋愛感情がなかったとしても貴重な存在になっただろう。

「あ～、旨かった。もう喰えん」

「お前、一人で全部イナゴ喰いやがったな」

「食べ物は残したらいかん」

この男の胃の中に、あの山盛りにされたイナゴが全部収まっていると思うと、複雑だった。あまり考えないようにしようと頭の中からその事実を叩き出し、席を立つ。

「そろそろ出るぞ」

腹が膨れると二人は店を出て町を見て回っていたが、いきなり空全体が獣のような唸《うな》り声をあげ、土の地面に大粒の雨が落ちてきた。あっという間に土の色は濃く染まり、茶色に濁った水たまりが道のあちらこちらにできる。

「とりあえずあの下に行くぞ」

大きな木の下で何人かが雨宿りをしているのが目につき、そちらを指差すと楢崎を急がせた。しかし、マイペースな男はシャワーのような突然の雨にもペースを崩さない。

「そんな急がんでも……」

「びしょ濡れだぞ。早くしろっ」

「もう濡れたんならええやん」

「酸性雨で禿《は》げてもいいのか」

「お前のつるっぱげは見たいかも」

雨に打たれていたのはほんの数秒くらいだったのに、ようやく近くの軒下《のきした》に辿《たど》り着いた時は二人とも濡れねずみだった。雨音に包まれ、周りの雑音が掻き消されている。

「やっぱりお前がいると雨が降るな」

「あほう。これはスコールや。すぐに止む」

濡れた髪を掻き上げ、気持ちよさそうに空を見上げる楢崎に岸尾はハッとなった。

Tシャツが濡れ、肌に貼りついている。服を着たままシャワーを浴びたような状態だ。

唇を凝視し、岸尾はゴクリと唾を呑んだ。

イナゴを食べたばかりの口だぞ……、と自分に言い聞かせてなんとか衝動を抑えるが、目が離せない。

雨が似合う男は、ヴェールに包まれた町をぼんやりと眺めており、岸尾は魅入られたようにその横顔をいつまでも見ていた。


「ん……、んっ、――ぅん」

長年積み重ねてきた想いは、岸尾を獣に変えていた。くぐもった声が次々と唇の間から漏れるのを聞きながら、岸尾は楢崎の唇を貪《むさぼ》り、存分に口内を蹂躙した。

何度味わっても飽きない。何度貪ろうが満足することはない。

「ぅん……、んっ、ぅん……っ、……んぁ」

楢崎の声は鼻にかかった甘いものとなっており、先ほど見せた抵抗も今はほとんどない。立っているのがやっとだというのが、腰に回した腕に感じる重みからわかる。

自分から手を出しておきながら、こうして素直に応じる楢崎に岸尾は腹を立ててもいた。こんなに簡単でいいのかと思ってしまうのだ。

教授を失った悲しみから自棄になっているようにも思え、もうこの世にいない男に対して怒りが込み上げてくる。今目の前にあのいけすかない男がいたら、本命でないのになぜ手を出したんだと問い詰めただろう。

（どうして応じるんだ……？）

声にならない疑問を何度もぶつけながら、次第に愛撫を乱暴にしていく。

この前は最後までしなかったが、今日は自分をとめられそうになかった。もしかしたら、教授とのこともお互い遊びで楢崎はこういう関係を誰とでも繋いでいるのかもしれない――そんな疑念まで湧き上がらせる始末だ。

しかしあり得ない話ではない。長いつき合いとはいえ、お互い知らない表情《カオ》も持っているだろう。

（どっちなんだ……？）

躰を反転させてコピー機に押しつけるようにし、ベルトに手をかけ、スラックスを脱がしにかかる。

「ほ、本気か……？」

焦る楢崎の声に、ますます自分を抑えられなくなった。

「カマトトぶるな」

「ぁ……」

「どういうのが、好きなんだ？」

この淫乱《いんらん》め……、とばかりに耳元で囁いてやる。長年積もらせてきた想いが、教授の死によって爆発した。

ずっと秘めてきたのに、せっかくの努力が水の泡だ。最後までしてしまえば自分たちの関係は完全に崩れるだろうとわかっていながら、とめることができない。ここまで来たら後戻りはできないという思いもあった。

「……センセーが、こんな、こと……してて、見つかったら……、まずいと……」

「もう、この時間は誰も来ない」

「――んぁ……っ！」

まだ湿っている髪の毛が冷たく、うなじに舌を這わせると楢崎はいい声で啼《な》いた。こんなふうに乱れる男だったなんて、初めて知った。自分の知らない楢崎を、もっと知りたいという思いに取りつかれている。

誰も知らない、楢崎自身すら見たこともない淫魔が隠れていそうだ。

「あいつにもやらせたのか？」

「……っ」

スラックスを脱がせ、唾液で濡らした指で蕾《つぼみ》を探った。女を相手にするのと違い、勝手がわからず乱暴になってしまう。

「――痛……っ、ぁ……あほう……、乱暴、に……、したら……」

「どういうのが好きなんだ？」

「どう、いうのも……こういう、のも……っ、……ぁあ、あ、……ぁあ……っ！」

自分が促すまま声をあげる楢崎に、興奮した。まるで自分のものになったような気になってくる。

しかし、それは違うというのも痛いほどわかっていた。

(あんたは、あの世で見てろ……)

もう二度と楢崎を抱くことはできなくなった男を心の中で挑発し、虚《むな》しい優越感に浸る。

「んぁ……、……っく、……ぅ……っく」

楢崎のそこは、狭かった。

指を二本に増やしただけで苦しげな声が漏れ、コピー機を掴む手に力が入る。ずっとオアズケを喰らっていたのかと、楢崎が愛人という地位に甘んじていたことに不満を覚えた。

通夜の席で泣きじゃくっていた青年のことを思い出し、どうしてあんな青臭い小僧が本命で楢崎が愛人なのかと、わけのわからない怒りに見舞われる。

手を出すどころか気持ちを伝えることすらできずただ想い続けてきたのに、あの口髭を生やしたホモ野郎は、岸尾が大事にしてきた相手を都合よく自分の愛人にしていたのだ。

「……はぁ……っ」

ひときわ大きく喘ぐ楢崎に、凶暴な気分が湧き上がる。もし、本当に楢崎をないがしろにしていたのなら後悔させてやると、愛撫の手に気持ちを籠めた。

楢崎が悦ぶように。そして教授のことなど忘れてしまうように……。

本人の気持ちを無視してこんなことをしてしまえば教授と同じだろうと、どこかでもう一人の自分が言うが、それでもとめられない。

「欲しいか？」

「ぁ……っ」

前をくつろげてあてがうと、楢崎が身を固くしたのがわかった。男に慣れきっているのではないのかと思うと、ますますあの男への怒りは大きくなり、同時にまだ楢崎が自分以外の男に染まりきっていないことに安堵する。

「ぁ……っく、……くぅ……っ」

こんなになるまで放っておかれるなんて……、と教授に対する怒りと、ずっと欲しかった相手を自分のものにすることへの興奮で、岸尾は理性を失っていた。そして、半ば無理やり押し入る。

「ぁあ、あっ、――ぁぁあああ……っ！」

男の躰など初めてというように締めつけられ、無意識に眉をひそめる。

これが、男の躰――楢崎の躰だ。

「どうだ？」

「ぁ……っく」

楢崎は小刻みに震えながら、切れ切れの息をするだけだ。耳朶が赤く染まっており、それを見ていると心まで奪えたような気がして、偽りの喜びに心が満たされる。

そして楢崎の濡れた髪の毛から水滴が滴り、コピー機に落ちた。

楢崎は、いつも濡れている。

雨に打たれるのが嫌いじゃないと言っていたのを思い出し、楢崎が濡れたがるのはどうしてだろうかと考えながら、岸尾は自分の猛《たけ》りで楢崎を何度も突き上げた。

「せんせ～。どーしちゃったのよ～ん」

鼻にかかった声をあげる香澄を見て、岸尾は苦い顔をしていた。目の前の皿には、海老《えび》の頭のから揚げが載っている。

これを持ってきたのは、香澄だ。せっかくの休日だというのに、ビールとつまみを手にマンションに押しかけられ、こうしてソファーを陣取られている。

「なんでお前がうちを知ってるんだ？」

「前に楢崎ちゃんに聞いたのよ。オトコいなくて寂しいし、あの子電話してもなかなか連絡取れないしぃ～」

「そうか？　俺が電話するとすぐにかけてくるぞ。お前、嫌われてるんじゃないのか？」

「やーっ、ひどいっ。あんた、やっぱり性格ねじ曲がってるわよっ」

キーッ、と怒ってみせる香澄を無視して、パソコンに向かった。昼間から酔っ払いの相手などしていられない。

「やーな男ね」

「どうとでも言え」

女子学生が憧れる准教授様は実はサディストで自分勝手で、どうしようもない馬鹿な男ですよ――

楢崎と躰を繋ぐことはできても、まともな告白一つできていないからか、ついそんな自虐的な独白を心の中でしてしまう。

「でもあの子、基本的に面倒臭がりじゃない？　メールも忘れた頃に返信してくるし」

それを聞いて、ほんの少し優越感を抱いた。

確かに大雑把で面倒臭がりだが、岸尾が連絡を取ろうとした時にはすぐに返事が戻ってくる。メールもそうだ。

昨日今日会った人間とは違うんだと高笑いしてやりたくなったが、この程度で満足しているのも情けない気がしてきて実行はしない。

「ねぇ、先生。あの子ともうやった？」

「——ぶっ！」

「あら、あたしが気づいてないと思ったの？　あんたバレバレよ。物欲しげな目であの子を見てるじゃない。頭の中で裸にして、いやらしいことしてんじゃないの〜？」

まんざら外れてもいないだけに、返す言葉がない。

「ああいうぼんやりというか、飄々としたタイプって、エッチの時にすごい嬌態を見せたりするもんよね」

「黙れ」

「あ、やったんだ？　やっぱりやったんだ〜」

騒ぎ出す彼女に頭を抱えると、乱れる楢崎の姿を思い出し、タバコに手を伸ばして火をつけた。漂う紫煙をじっと眺め、首の後ろを手のひらで擦る。

実を言うと楢崎を教授室で抱いて以来、岸尾と楢崎は頻繁に躰の関係を結んでいた。いつ迫ろうともどこで行為に誘おうとも、楢崎はさして抵抗もせずに岸尾に身を差し出すのだ。なぜ、どうして、と心の中で問いかけながらも、長年積み重ねてきた想いのせいか自分を抑えることができない。心の伴わない交わりを重ねても楢崎は自分のものにならないとわかっているのに、自分をとめられない。

「好きって言ったの？」

「言えるか」

「わ、信じらんない。躰だけ？　最悪～」

「うるさい。いろいろあるんだよ」

教授のことを忘れようとしているのかもしれないのに、そう簡単に言えないというのが岸尾の本音だった。

もうこの世にいないというのに、いつまでもあの男は楢崎を離そうとしないように思えてきてイライラが募る。

「俺にもくれ」

すっかり仕事をする気がなくなった岸尾は、ビールを貰って一気に胃に流し込んだ。そして、イナゴのから揚げに似たつまみに手を伸ばす。

海老の頭のから揚げには海老ミソがしっかり入っており香ばしくて美味だが、ゲテモノ料理を思い出して複雑な気分になった。

見ているだけの頃にリセットできたら、今度はちゃんと手順を踏んで告白するのにと思う。けれども、何度やり直しても同じ過ちを繰り返してしまうような気もしていた。

「ねー、いつから好きなの？」

「大学の頃だよ」

ヤケクソになり、素直に白状する。

神経質なところがある岸尾からすると、楢崎の行動や片づけをしないところは信じられず、いつも呆れたり驚かされたり、時には怒ったりと忙しい。それでも、なぜか惹かれてしまう。

（くそ……）

楢崎と出会う前までは、岸尾は女など選び放題で不自由な思いをしたことがなかった。出会ってからも何人か女とつき合ってきたし、割りきった大人の関係を結んだ相手もいる。

しかし、今はそんな気すら起きない。ただ、楢崎が欲しいだけだ。一方通行の想いだけが、積み上がっていく……。

（イナゴや蛆蟲チーズを平気で喰うような男だぞ）

なぜ自分ばかりが好きなんだと、誰にともなく疑問を投げつけた。あの男に出会わなければ、今頃岸尾はイイ女と大人の恋を愉しんでいただろう。客観的に見ても、岸尾は誰かを必死で追いかけるようなタイプでも、そうしなければ相手を見つけられないような男でもない。また、他のことに関してもほとんど挫折《ざせつ》などした覚えがなく、ちょっとないくらい人生を順調に歩んでいる。

岸尾の人生で、楢崎だけが例外だ。

なぜか悔しくなり、俺ともあろう男が好きだと言ってるんだぞ……、と傲慢《ごうまん》なことを考えてみるが、あの男にとって女が夢中になるような自分の魅力などなんの価値もないとわかっており、虚しくなるだけだった。

浮草のようで、掴みどころがない。すぐ近くを漂っているようだが、いざ手にしようとすると指の間からすり抜けて逃げてしまう。

そんなことをダラダラと考えていた岸尾だが、微かな鼾《いびき》に気づいて我に返った。見ると、香澄はソファーの背凭《せもた》れに躰を預けたまま口を開けて眠っている。

「なんちゅー奴だ」

ため息を一つ零し、毛布を持ってきてかけてやった。そして残りのビールを手に窓の前に立ち、カーテンを開けて外を見る。

「また雨だ……」

梅雨《つゆ》でもないのに、このところずっと雨続きだった。

雨は楢崎を思わせるが、この頃は自分の楢崎に対する想いが雨を降らせているような気がしていた。雨が降るとやって来るのではなく、来てほしくて岸尾が雨を降らせているのだ。人ならぬ者は雨に誘われて姿を現し、岸尾を誘惑する。

「はっ、馬鹿馬鹿しい……」

どうかしていると苦笑し、軽く頭を振ってカーテンを閉めたが、視界から雨を消し去ってもその音は絶え間なく耳に流れてきて、その存在を岸尾に忘れさせようとはしない。

明日も、きっと雨だ。


岸尾が楢崎を街中で見たのは、教授の四十九日が終わってからのことだ。

（楢崎……？）

楢崎は、傘をさして男と並んで歩いていた。相手は高そうなスーツを身につけた四十代半ばの恰幅《かっぷく》のいい人物で、歩き方や物腰から人の上に立つようなイメージを抱いた。

親しげな様子から、二人の仲を疑わずにはいられない。

一度気になるとどうしても男が誰なのか確かめたくなり、気づかれないよう細心の注意を払いながら二人を追った。

これではストーカーだ。

『なんか買って』

楢崎がよく岸尾に言う台詞が蘇り、躰を繋げてからというもの、楢崎がおねだりをしなくなったことに気づいた。このところ、あのフザけた口調を聞いていない気がする。

もしかして、あんな顔を一緒の男にも見せているんじゃないかという疑念が心に広がり、まるで自分が妻の浮気の現場を押さえた冴《さ》えない中年男になった気がした。

二人はある建物の中に入っていき、岸尾もそれを追った。いかにも高級そうな造りの外観。プレートに『会員制』と書かれている。

怪《あや》しい響きだ。

「申し訳ございません。こちらは会員制となっておりまして……」

案の定、入り口のところにいる男は、慇懃《いんぎん》な態度でお辞儀をして一見《いちげん》の客に失礼のないよう断りを入れた。これだけ見ても、相手の男の懐具合が想像できる。

「そうですか。それは失礼」

落胆した素振りを見せないよう言ってみたが、正直なところかなり焦っていた。

『会員制』といってもいかがわしい店ばかりでないのは知っているが、二人の関係を疑う岸尾にとってその響きはボンデージファッションに身を包み、鞭《むち》を持った女王様が君臨する秘密クラブと同じだった。中に入ることができないならと、あらぬ想像を巡らせながら出入り口が見える近くのカフェバーでビールを飲みながら張り込みをする。

そして一時間後、クラブから二人が出てきたのを確認するとこっそりあとをつけた。

楢崎は途中で地下鉄の駅へと向かったが、男のほうは立体駐車場へと入っていく。岸尾は男を追い、乗り込んだ車のナンバーを書きとめてその日はいったん引き揚げた。

自宅マンションに帰った岸尾は電話帳をめくって探偵社を探し、翌朝一番に広告が大きく載っていたところに依頼の電話をかける。

男の正体がわかったのはそれから五日後のことで、全国に支社を持つ大手企業の総務部長ということだった。部長という立場なら、コピー機などの大型事務用品のリースや購入について業者決定の権限を持っているかもしれない。

一つのフロアだけでも、いったい何台のコピー機が入っているだろうか。

岸尾一人におねだりしたところでたかが知れているが、自社ビルを持つような大手企業になると、事務用品一つとっても売上は桁《けた》が違うだろう。岸尾一人を懐柔するよりも、ずっと合理的なのは明確だ。

(だから、俺にねだらなくなったのか……)

岸尾は無意識のうちに、報告書を握り締めていた。くしゃくしゃになったそれには、二人が食事をしている写真も添付されている。

疑念が疑念を呼び、自分でもなんていやらしい考えだと思いながらも、摑みどころのない友人が男たちを手玉にとりながら営業成績を積み重ねていくところを想像せずにはいられなかった。


定期メンテナンスにやって来た栖崎は、また濡れていた。

「よ。センセー」

軽く手を挙げて教授室に入ってくる姿を見ながら、探偵社の人間が出した報告書のことを思い出す。

栖崎は普段通りの態度だが、岸尾のほうはどうしてもいつものようにできない。大手企業の総務部長と一緒のところを見てから約二週間が過ぎており、すっかり疑念に取りつかれた岸尾はちょっと普通ではないくらいイライラしていた。

我慢していたが、澄ました顔の楢崎に岸尾の中で何かぷつんと切れる。

「なんや、最近雨ばっか……――んっ」

岸尾は、いきなり楢崎の唇を塞いだ。

「ぅん、……っ、……ぁ」

驚いたのか、反射的に抵抗してみせる楢崎に強く拒絶されている気がして、さらに濃厚に口づける。

さすがに慌てているのか、よろよろと後ずさるが逃がすものかと壁際に追いつめた。腰に手を回すと、自分より細いのがよくわかる。

この躰に夢中になる中年どもを、全員殴ってやりたくなった。

「な、なんや……センセー……、変……」

「――黙れ」

小さな声だったが、きつい言い方をしたためか、楢崎はそれ以上何も言ってこなかった。言葉を呑み込んだのがわかる。

(あいつとは、どういう関係なんだ……?)

言葉にできず、心の中でジリジリと嫉妬の炎を燃やしながら理性を失っていく。

そしてふと、楢崎の鎖骨の辺りにキスマークのようなものを発見し、愛撫の手をとめた。

「なんだ、これは……」

うっすらと色づいたそれは、滑らかな肌の上で自分をアピールしていた。男の存在を思わせる痕跡

はやけに卑猥《ひわい》で、それだけに怒りを感じずにはいられない。

「何て……？」

「だからこれだよ」

指摘してやると、楢崎ははだけたシャツの間から覗く赤い痕跡をじっと見た。そして、ゆっくりと顔を上げて岸尾と視線を合わせる。

「さぁ、覚えてへん」

濁りのない目に、怒りが爆発した。

「覚えてない!? 覚えてないわけあるか。よくそんな澄ました顔できるな。お前、いったい俺のほかに何人と寝てるんだ？ 教授のことも、たらし込んでたのか？」

もう少し言い方があるだろうにと、自分がつくづく嫌になるが、言ってしまったものはどうしようもない。しかし、大真面目に話をしているというのに、楢崎は取り合おうとしないのだ。

「……あほらし。女やったらまだしも、なんで男が躰で商品売らなあかんねん」

苦笑するのを見て、さらに頭に血が上る。

「じゃあ、なんで俺とは寝るんだよ！」

ずっと聞きたかったことをこんな形でぶつけたくはなかった。もっときちんと自分の気持ちを伝え、そして楢崎の本心を知りたかった。もし自分の独り相撲だったとしても、納得できる終わりにできただろう。

しかしもう遅い。

感情の赴くままに問いただしてしまう己の器の小ささと愚かさに呆れながらも、ここまでしてしまえばどう取り繕っても同じだと開き直ってしまう。

するると楢崎は岸尾を見上げ、そしてうわ言のようにぼんやりと呟いた。

「……好きやから」

マイペースな口調で言われ、カッと頭に血が上る。

そんな目で見ても騙されないぞと、まるで悪女の正体を知った世間知らずのように意固地になってしまうのだ。他の男の痕跡を躰につけた男に、何を言われても信じられないのは仕方のないことなのかもしれない。

「嘘つけ。このあばずれが！」

馬鹿なことを言ったとすぐに思ったが、それを打ち消す怒りに我を忘れる。

「俺が本当に躰売ってると思ってんのか？」

「何もしてないってのか？　じゃあ、調べてやる」

シャツをはぎ取ると、鎖骨にあるのと同じような赤い痣《あざ》があるのを他にも見つけた。男の愛撫をリアルに想像させられるそれに、完全に頭に血を上らせていた。

「これでも誰とも寝てないって言うのか！　こっちは誰がつけたんだよっ！」

「さぁ、わからん」

「――フザけるな！」

こんなにはっきりとした証拠を残しているのに、あくまでもシラを切り通す楢崎に腹が立ち、騙されないぞと床に押し倒す。

「く……っ！」

「いけしゃあしゃあと『好き』だなんて言いやがって……っ。そんなふうに言えば、俺が喜ぶと思ってるんだろう！　おねだりすればすぐ言いなりになる俺だもんなぁ！」

「ま、待てって……」

顔を背ける楢崎の焦りの表情が、胸にグッとくる。

普段はこんな表情は見せない。マイペースで大概のことには動じないのに、そんな楢崎が怒りに任せて襲いかかる岸尾に驚き、戸惑いの色を覗かせている。

「ご、誤解や……」

肩を押し返す楢崎の手を取り、指を絡ませて手と手を繋ぐと床に押しつけた。指を動かした瞬間、ピクリとなって頬が染まる。

こんなところが感じるのかと、岸尾は妙な昂《たかぶ》りを覚えていた。男に散々抱かれた躰は、些細《ささい》なことで火がつき、受け入れる準備をする。

「俺は他の男とは違うぞ」

「ぁ……っ」

「お前みたいな貞操観念のない奴に、騙されたりしない」

自分の言いぶんに、楢崎が何を感じたのかはわからなかった。怒りをぶつけるように手を強く摑むと、楢崎の顔に苦痛の色が浮かぶ。それがやたら扇情的《せんじょうてき》で、悪循環になる。

「男が欲しいか？　だったらくれてやるよ」

「……っ」

性急な仕草で楢崎のスラックスを膝まで下ろし、下着の中に手を入れて唾液で濡らした指で蕾を探る。

「んぁ……、……っく、……ぅ……っく」

楢崎のそこは、相変わらず狭かった。

ロクに慣らしもしないうちに指を二本に増やすと苦しげな声が漏れ、床の上できつく握られた拳にさらに力が入る。

「誰でもいいんだろ？」

「ぁ……っ」

岸尾が自分の中心を出してみせると、楢崎が身を固くしたのがわかった。何度抱いても新鮮さを失わない楢崎に、男を狂わせる素質があるんだと思った。純粋でなんかないとわかっていても、男は騙されてしまう。自分だけは特別だと思ってしまう。

けれども、それは勘違いだ。

「ぁ……っく、……くぅ……っ、ぁあ、あっ、――ぁぁあああ……っ！」

岸尾は、半ば無理やり押し入った。

「ぁ……っく」

弱々しく自分の下に組み敷かれている楢崎を見ていると、嫉妬や興奮、独占欲が次々と湧き上がってきて、衝動に任せて一方的に腰を打ちつける。

「ぁ……っ、……っく、……ぅっく、……ぁあ……っ」

苦痛とも快楽とも取れぬ楢崎の声が、岸尾の暴走に拍車をかけたのは言うまでもない。

(楢崎……っ)

絶え間なく聞こえるそれに罪の意識を感じながら、岸尾は高みに向かった。

「——っく!」

中で爆《は》ぜた途端、楢崎も小さく呻《うめ》いた。一方的な行為で快楽を得られるはずもなく、射精したのは岸尾だけだった。

「——はぁ……っ、……はぁ」

中に深々と収めたまま、息を殺すようにしている楢崎を見下ろす。おずおずと視線を合わせてくるが、そんな目をしても無駄だとばかりに無言で楢崎の中から出ていき、手早く後始末をする。

「もう、お前とは、二度と会わない。担当を替えてもらう。お前も、そのほうがいいだろ」

何か言おうとしたのか楢崎の喉仏《のどぼとけ》が小さく上下したが、言葉は出てこなかった。悲しげに見つめてこられると、罪の意識が芽生える。

どうしてそんな顔をするのか、わからなかった。責められる謂《い》われはないと、目を逸らして立ち上がる。

「さっさと帰れ」

もう二度と振り回されたりしないと誓い、まだ床に倒れたままの楢崎に冷たい声を浴びせてデスクに戻った。楢崎はじっとしていたようだが、しばらくすると身を起こすのが気配でわかった。

（楢崎……）

本当にこれでいいのか……、と思うが、岸尾が答えを出す前にドアがパタンと閉まる音がして、楢崎の気配は消える。振り向くと、そこに友人の姿はなく、あんなふうに抱いた自分を心から軽蔑した。

「……俺は本当に最低な男だな」


長らく雨続きだった天気は、ようやく本来の姿を取り戻した。太陽が顔を出し、心地よい風とともに爽《さわ》やかな空気を運んでくる。

季節外れの長雨は岸尾をおかしくさせていたが、それでもいつか晴れの日はやって来るものだ。岸尾はそれを実感していた。

「えー、前回までは社会学が確立されるまで、つまり第二期について勉強したが、今日からは第三期について講義を行いたいと思う」

黒板にあまり文字を書かずに進める岸尾の講義では、常にノートにボールペンを走らせる音が微かにしている。学生たちは教科書を睨み、岸尾の話に耳を傾けながら自分なりのノートを作っていくのだ。

試験のあとノートを提出させ、その出来栄えも評価の対象にするのは最初の講義の時に学生たちに伝えてある。

「この第三期というのは社会学がさらなる発展を遂げた時期で、それまでヨーロッパが中心だった社会学だがアメリカで盛んに社会調査が行われるようになり――」

窓を開けているため、薫風が教室を吹き抜けて五月の心地よい空気を運んできた。

爽やかという言葉が似合う陽気だ。

しかし、岸尾の心は晴れない。ずっと暗雲が立ち込めている。こうして講義を行っていても、どこかで楢崎のことを考えているのだ。

声が次第に力を失っていくのが自分でもわかるが、どうしようもない。

マイクを通しているため後ろにいる学生にまでちゃんと聞こえるようになっているが、それでも声に覇気がないのはわかるらしい。しかも、このところすぐに外に目をやり、ぼんやりとしてしまうのだ。岸尾が心ここにあらずなのは誰もが口にしていることで、あの厳しい男がこんなふうにおざなりの講義をするのはおかしいと、めずらしがっている。

「あの……」

窓から見える緑に気を取られていた岸尾は、一番前の席に座っていた学生におずおずと声をかけられて我に返った。

講義の途中だというのに、景色をぼんやりと眺めているなんてどうかしている。

「……ああ、すまない。どこまで説明したんだったかな」

「G・E・メイヨーの面接調査のところまでです。あの……大丈夫ですか?」

「ちょっと気分がすぐれなくてな」

このところ睡眠不足なのも祟《たた》り、岸尾のぼんやりはとうとう学生から指摘されるほどになっていた。憂い顔を見て頰を紅潮させながらうっとりとする女子学生に気づき、そんな気はまったくないくせに、くだらないことを心の中で呟いてみる。

(学生の一人でも喰ってみるか……)

少し前までなら、「こんな俺がお前を好きだと言ってるんだぞ」と多少傲慢なことを考えてみただろうが、今はそんな戯言《たわごと》をいくら繰り返しても楢崎は手に入らないことは痛いほどわかっている。

なぜ楢崎にあんなことをしたのかと、後悔ばかりが積もっていた。

上の空になる自分をなんとか集中させ、岸尾は講義を終わらせた。そして、質問にやって来る学生たちに十分ほどつき合ってから教授室へと向かう。歩きながら思うのは、やはり楢崎のことばかりだ。

『それを言うなら雨男や。何回言っても覚えんな。お前、実はアホやろ？』

タバコを吸いながら、軽く笑ってみせる友人の姿を思い出し、胸が痛くなった。

雨に濡れる楢崎が好きだった。

濡れた楢崎は、この世の者ならぬ妙な色香があり、惹かれずにはいられなかった。どんな美女もあの男の前だと色褪《いろあ》せてしまう。

しかしそれ以上に、その一風変わった性格が好きだったと今さらながらに気づく。

相手が神経質で気難しい岸尾でも身構えたり気を遣ったりするでもなく、ありのままでいるのだ。自然体でいることこそが、楢崎の魅力だった。

確かに汚部屋住人で片づけ下手などうしようもない男だが、そんなのは些細なことだと言いきれるほど、好きになっている。

「くそ……」

岸尾は顔をしかめ、不機嫌を晒しながら歩いていると、視界の隅にしきりに動いているものを見つけた。

「また来ちゃった〜」

「何してるんだ？」

思いきり迷惑そうな顔をしてやるが、香澄はまったく気にしていない。岸尾がわざとこんな顔をしたのがわかっているのだ。

「近くに寄ったから、いるかと思って〜」

見た目は完全に女でも、夜の匂いはどうしても消せない。学生たちが物珍しそうにちらちらと視線を送っているのがわかり、「頼むよ……」と頭を抱えて再び歩き出した。

「あの子、元気？」

「さぁな」

「ねー、先生は自分の部屋あるんでしょ〜。コーヒー飲ませてよ」

「来るなら勝手に来い」

「じゃあそうする〜」

香澄は学生の中にイイ男を見つけると、にっこりと笑いながら手を軽く挙げて愛嬌を振り撒《ま》いた。

学生たちの間で噂になるだろう。

自分がどう思われてもいいが、学長から呼び出されてあれこれ詮索《せんさく》されるのは面倒だと足早に教授室に向かう。

「へ〜、こんなところなんだぁ」

「面白くもなんともないだろう。コーヒー飲んだら帰れよ」

「はぁ〜い」

香澄にコーヒーを出してやるのと同時にドアがノックされ、若い男が顔を覗かせた。

「こんにちはー。東洋《とうよう》事務機です。点検に参りました」

忘れていた。

講義が終わる頃、コピー機のメンテナンスとコピー用紙などの在庫の補充に来てもらう約束だったのだ。新しい担当は楢崎より若く、折り目正しい態度で岸尾に接する。

もちろん、おねだりや押し売りなどは一切しない。雨に濡れてもいない。大阪弁の混じった話し方もしない。

「どうぞ」

何か言いたげな香澄の視線を無視して、岸尾は男を中に招き入れた。

青年はすぐに自分の仕事にかかった。ひと通り点検を終え、在庫のチェックをすると点検用紙に書き込んで指定の場所へ挟む。

「トナーの在庫が随分減ってますので、補充しておきますね。他に何か必要な物があればお届けしますので、いつでもお電話ください」

「ああ」

一瞬、楢崎はどうしているのかと聞きそうになったが、喉のところまで出かかったそれを呑み込んだ。香澄がいなかったら、聞いていたかもしれない。

「それでは、今日はこれで失礼します」

そう言い残して、青年は帰っていった。顔を出してから、約十五分といったところだろうか。楢崎なら自分の仕事が終わっても、すぐに帰ることは少ない。そもそもすぐに仕事にかからず、コーヒーや紅茶を催促したり一服したり、無駄な時間が多いのだ。

本当にあれでよく営業成績を保てたもんだなと思う。

(何比べてんだよ)

振り返らずとも、香澄がどんな顔をしているのかはわかった。頼むから何も言うなよ、と心の中で念を押すが、岸尾の声が届くわけがない。

すぐに一番痛いところを突かれる。

「ねぇ、センセー。楢崎ちゃんが担当なんじゃなかったの～?」

「替わったんだよ」

その話はするなとばかりに岸尾はタバコを取り出し、火をつけた。

「さては、なんかあったわね」

「――っ!」

激しく咳《せ》き込み、彼女を見る。

「あって悪かったな」

隠しても無駄かと諦め、素直に認めた。

しかし、香澄はそれ以上二人のことに踏み込もうとはしない。もっといろいろ詮索され、身勝手なアドバイスをされると思っていただけに拍子抜けする。

「そうそう。あたし、男とヨリ戻したんだ〜」

「金を持ち逃げした男とか？」

「そうよ。今日はその報告」

嬉しそうな顔をする香澄が、理解できなかった。一度裏切られ、痛い目に遭っているのに、どうしてそう簡単に忘れることができるのかわからない。

「ダメな男でも、好きになったらもう負けなのよ。個人差はあるでしょうけど、それが人間ってもんよ」

楢崎のような男を好きになってしまった自分への言葉かと思ったが、香澄はすぐに否定するようなことを言う。

「あんたらの場合、ダメなのはセンセーのほうね」

意外な言葉に、思わず耳を疑った。

「俺がか？」

「そう。ダメな男はあんた」

楽しそうに言う香澄だが、冗談で言っているとは思えなかった。

片づけができない汚部屋住人で、部屋に生えたキノコを平気で料理の材料にする男より自分がダメだというのか――思わず口に出しそうになったが、すぐにそうかもしれないという気にさせられる。

気持ちを伝えることもできず、相手が弱っているところにつけ込んで関係を持ち、嫉妬し、一方的に会わないと言って関係を絶った。

これほど身勝手でどうしようもなく、器の小さい男はそういない。

「確かにな」

素直に認めたのが意外だったのか、彼女は少し驚いたような顔をして笑顔になった。

「認められるなら、まだ捨てたもんじゃないわよ。じゃあ、そろそろ行くわ。またね～」

香澄は手を振りながら部屋を出ていこうとしたが、岸尾は思わず呼び止めた。振り返る彼女に、自然と言葉が出てくる。

「男が戻ってよかったな。今度は金を持ち逃げされるなよ」

ダメな男と言われたから優しいところを見せようとしたわけではない。ダメな男でも好きだと言い、裏切られてもヨリを戻す情の深さがある香澄に、本当に幸せになってもらいたいと思ったからだ。

救いようのない馬鹿な男からすると、彼女のような人は貴重だ。

「ありがと。じゃ～ね～」

礼を言うのは自分だと思いながらも、口にすると途端に嘘臭くなりそうで、岸尾は心の中でだけ感謝の言葉を唱えた。

楢崎と会わなくなってひと月ほどが経った。

こうも簡単に関係が終わると思っておらず、心の一部がどこかに行ってしまったような感覚に見舞われていた。それほど楢崎の存在は岸尾にとって大事なものだったのだろう。

自分だけが置いていかれたような気がする。

いつになったらこの状態から脱出できるだろうと思いながら、岸尾は論文と講義に追われる毎日を送っていた。何かに没頭しなければ楢崎のことが忘れられそうになく、自分を追いつめる。

コピー機の調子が悪くて新しい担当に連絡を入れたのは、そんな矢先のことだった。

『申し訳ありません。担当が今日は代休を頂いております。代わりに別の者がお伺いしますが、よろしいでしょうか？』

「ああ、誰でもいい。できるだけ早く来て欲しいんだが……」

岸尾は夜十時までなら教授室にいると言い、電話を切ると自分の論文に戻った。しかし、ふと誰が来るのか気になり始めた。

楢崎だけは寄越すなと言えたのに、敢えてそれをしなかったのだ。もしかしたら、会いたいのかもしれない。いや、もしかしなくても会いたいのだ。

自分から担当を替えてもらうよう言ったため、楢崎が来る可能性は低いとわかっているが、それでも期待してしまう。

（あいつの言う通り、ダメな男ってのは俺だな……）

静まり返った教授室で、香澄に言われたことを思い出し一人嗤う。

それから、どれくらい経っただろうか。

「よ。センセー」

ドアをノックされ、返事をしないうちに楢崎が顔を覗かせた。久し振りに見る友人は相変わらずで、折り目正しい新担当とまったく違う。

ただ、今日は濡れていなかった。雨どころか、ここ数日、ずっと晴天に恵まれている。

何ごともなかったような態度に『自分がいなくても慰めてくれる男は他にいるんだろう』なんて醜《みにく》い男の嫉妬心を剝き出しにしてしまい、やはり多少の不便は我慢してでも楢崎が来ないよう言うべきだったと後悔した。しかし、同時に顔を見ることができて嬉しいという気持ちもある。救いようがない。

「久し振りやな」

言葉を交わせば何を口走ってしまうかわからないと思い、楢崎の存在を感じながらも必要なこと以外には返事をしなかった。世間話をする楢崎の声には応えず、コピー機の調子についてだけ受け答えする。

さすがにわかったのだろう。楢崎は作業の手をとめると軽くため息をつき、岸尾のほうを向いた。視線が痛い。

「なぁ。無視せんでもええやん。そんなに俺のこと嫌いなんか?」

寂しげな口調に、心が疼いた。まるで楢崎を苛《いじ》めているような気分になってくるのだ。

小学生の頃、同じクラスの好きな子に意地悪をしたことがある。向こうも好意を持っていると人づてに聞いていたのに、恥ずかしくて優しくできなかったのだ。

思えば、岸尾はモテる割に上手く恋愛に発展したことがない。本当に好きな相手だとどうしていいのかわからなくなるのだ。

つき合ってくれと言われてつき合うことはあったが、自分から告白したことはなく、最初から諦めているようなところもあった。そんなことを繰り返しているうちに、楢崎と出会ったのである。

それから先は言わずもがな、だ。

「お前にそんなに嫌われると思わんかった」

軽く笑いながら作業に戻る楢崎に、ますます意固地になる。

(やっぱり、俺はダメな男だよ……)

笑いながら帰っていった香澄の姿を思い出しながら、せっかく慰めてくれた彼女の優しさを無駄にするようなことを口走る。

「昔、よく旅行したよなぁ」

「なんや、急に……」

「お前が来るといつも雨で、散々な目に遭った。お前といると、いつも損な役回りばかりだよ」

こうやってチクチクと苛めて愉しいのかと自問する。楢崎は複雑な笑みを浮かべて岸尾の話を聞いているだけで、反論しようとはしなかった。それがまた腹立たしい。

「山に登ったの、覚えてるか？」

あれは、大学三年の頃だった。

初心者向けのトレッキングでもしようということになり、二人でスポーツ洋品店に行って専用のシューズを買って準備したのだが、途中からいきなり雨が降ってきて下山するハメになった。次に天気予報を見て山に向かった時も、雨を誘う男の存在のせいか偶然か、頂上どころか十五分もしないうちに断念。

それが三回続いたため、トレッキングは諦めた。

もともと山に対してそう強い執着があったわけでもなく、なんとなく行こうという程度だったのも手伝い、それっきりだ。

あれから山には行ってない。

「明後日《あさって》の日曜だが、前に登ろうとした山に行ってみるか？」

天気予報では、土曜の夜から雨が降ると言っていたのに、なぜわざわざ降水確率の高い日曜を選ぶのか……。

「……日曜がええんか？」

岸尾が本当に自分とトレッキングに行きたいから言ってるのではないと、楢崎もわかっているようだ。なんとも言えない目で、岸尾をじっと見ている。

「まぁ、晴れたらの話だけど、お前がいると雨になりそうだしな。無理か」

ははっ、と笑い、楢崎の視線から逃れるように背中を向ける。

「多少の雨くらいかまへん」

絶対に来ると言いたげな口調に、「そこまで俺に執着してないくせに……」なんて心の中で嗤い、一人空回りする自分が情けなくなる。

「なぁ、何時に行けばええ？」

「昼十二時」

「……わかった。現地集合な」

あっさりと決まるが、どうせ行くことはないだろうと高を括《くく》る。

「雨降ったら、俺は行かないからな」

「俺は少しくらい濡れてもええけどな。濡れるの嫌いやないし」

いつも濡れている楢崎らしい台詞に軽く口許を緩め、岸尾は自分の仕事に戻った。


日曜は、やはり雨だった。

しかも予報ではそう強い雨ではないと言っていたのに、見事なまでに土砂降りだ。多少の雨なら行ってみてもいいかなんてチラリと思っただけに、まるで自分を引きとめるような大雨に嗤わずにはいられない。

「そりゃそうだよなぁ」

窓に叩きつけられる雨を眺めながら、ぼんやりと言う。

何を期待していたんだろうと思った。まるで二人の決別は間違いだというように見事に空が晴れ、それをきっかけに自分たちの関係が修復できるとでも思っていたのか。

そんな都合のいいことがあるはずがない。

しかし、これをきっかけに気持ちにケリをつけることができる。

念のため楢崎に電話を入れ、留守電にトレッキングは中止だとメッセージを入れた。

洗濯や掃除など、平日ではなかなかできない雑用を片づけながら時々窓の外に目をやったが、午後になっても灰色の空は絶え間なく落涙している。

雑用がすべて終わると、自分の部屋に籠もって論文の続きに取りかかった。雨音をバックにキーボードを叩く音がカタカタとしている。

一時間ほど仕事に集中していたが、ふと楢崎から連絡がないことに気づいた。

これまでは岸尾が留守電にメッセージを入れると、必ず折り返しかかってきたものだ。メッセージを聞くだけでよくても、一度は必ず電話をかけてくる。それだけは、どんなに忙しくても必ずだった。

(今度こそ終わりってことか)

コーヒーを淹《い》れ直して目薬を点《さ》し、再び論文に戻ったが、五分もしないうちに岸尾はキーボードを打つ手をとめた。

なぜか気になってしまい、もう一度電話をかけて直接中止だと伝えようとしたが、自宅は留守電になったままで携帯も繋がらない。そして、ふと楢崎が言った言葉を思い出した。

『多少の雨くらいかまへん』

傘をさしていてもよく濡れている楢崎らしい言葉だったため、あまり気にしていなかったが、もしかしたらこの雨の中、山に向かったのではないかという思いが脳裏をよぎる。

少しくらい濡れてもいい、濡れるのは嫌いじゃない、とも言っていた。あの時、どんな顔をしていただろうかと記憶を辿るがまったく思い出せない。いや、顔も見ずに話していた気がする。

「くそ」

岸尾はすぐに部屋を飛び出してタクシーを拾い、楢崎のマンションに向かった。しかし、何度チャイムを鳴らそうが反応はなく、窓のカーテンも閉ざされたままだ。

そんなはずはないと思いながらも、岸尾は待たせていたタクシーに再び乗り込んで待ち合わせ場所に向かった。しかしそこに楢崎の姿はなく、人気のない登山口は雨音に包まれているだけだ。

(いるわけないか……)

約束の時間から、すでに四時間が経過している。万が一ここに来ていたとしても、岸尾が一向に姿を見せないのに諦めて帰ってしまっただろう。

きっと行き違いになったのだ。

連絡が取れないことへの言い訳を考え、自分を納得させる。しかし、走り出したタクシーが加速してスピードに乗るとどうしようもなくなり、車を停めるよう言う。

「すみません。やっぱり戻ってください」

どうせここまで来たんだと、Uターンさせて先ほどの場所に車を向かわせた。そして支払いを手早く済ませて今来た道を戻り、山を登り始める。

「なんで俺が……っ」

自分でも馬鹿だと思った。

文句を言うなら帰ればいいのに、それができるほど潔くもなく、何に対してなのかよくわからない怒りを腹に抱えたまま、それをぶつけるようにただひたすら上へと向かった。

それほど険しい山ではない。往復で二時間かかるかかからないかの山道で、多少勾配《こうばい》がきつくて這い上がらなければならない箇所もあるが、小学生でも頂上まで行ける程度の場所だ。

しかし、さすがに雨の中を登るのはつらかった。剝き出しになった山肌を撫でるように両脇から水が次々と流れ出ており、足元は泥でぐちゃぐちゃで滑りやすくなっている。

「はぁ、……はぁ……っ」

運動不足なのもあり、半分ほど登ったところで足場のいいところを見つけていったん立ちどまった。

「くそ、情けねぇな」

上を見ると、生《お》い茂った木々が自分を見下ろしていた。雨が葉を叩く音に辺りは包まれている。雨が通り過ぎるのを待っているのか、鳥の声はまったく聞こえてこない。

自分の息遣いと雨音。人気がない山は、孤独を感じさせた。この世で自分が一人になってしまったかのような錯覚に陥ってしまうのだ。

いるかどうかもわからない男を探して頂上まで登るなんて馬鹿馬鹿しいと自分でも思うが、頂上まで行って楢崎がいなければ、きっぱりと忘れてやると自分を納得させて再び登り始める。

「大体っ、いるわけが、ないんだよ……っ」

今度こそ絶対に終わりにしてやるぞと、まるで楢崎との関係を断つための儀式であるかのように、岸尾は足を動かしていた。しかし、雨は楢崎を思い出させ、自分がどれだけ未練があるのかを思い知らされるだけだった。

雨は楢崎だ。いや、楢崎が雨だ。

この先ずっと雨が降るたび、一風変わった友人のことを思い出して心を疼かせるのかと思うと、本当に自分の気持ちを伝えないまま終わらせていいのかと思う。そして、頼むから上で待っていてくれと願ってしまう。

水を吸った衣服は次第に重くなり、さらに歩きにくくなっていった。下着まで濡れ、川にでも飛び込んだような有様だ。

約一時間。

ただひたすら上を目指して歩き、ようやく開けた場所まで辿り着いた。そこは広場のようになっており、辺りが一望できる。天気がよければ景色はさぞ綺麗だっただろう。

しかし今は土砂降りの雨のせいでくすんだ色に染まっており、まだ日が沈む時間には早いのに薄暗い。山道と違って雨を遮ってくれるものはなく、直接叩きつける雨を躰に受けながら、楢崎の姿を探した。

そして、広場の端に人影を見つける。

「……なんで、いるんだ……」

楢崎は、雨の中佇んでいた。

大学の入学式で見た時と同じように、雨に濡れることなんか気にもとめず、景色がよく見える場所に立ってじっとしているのだ。

長袖のシャツが肌に貼りつき、細い背中のラインが手に取るようにわかる。

「――おいっ！」

いて欲しいと願っていたくせに、いざ姿を見るといつからいたんだと怒りが込み上げてきて、ずかずかと楢崎のほうへ歩いていった。

雨が降ると予想して、岸尾がわざと登山に誘ったのはわかっていたはずだ。それでもここまで来て、待っていたのだ。

どうして自分をその気にさせるような真似をするんだと言いたくなる。

「何やってるんだよ！」

雨音に掻き消されていたのだろう。二度目に叫んだ時、楢崎はようやく岸尾の存在に気づき、さも嬉しそうに微笑《ほほえ》んでみせる。

「……なんや。遅いやんけ。待ちくたびれて、先に登ってしもうた」

ゆっくりとした口調で言う楢崎に、胸が締めつけられる思いがした。いつも雨に濡れている楢崎は、髪の毛からしずくを滴らせている。普段と違うのは、シャワーを浴びているように激しい雨の中にいることだろうか。

それでも、雨が似合うことには変わりはない。

「なんで、来るんだっ！」

「なんでって……、……好きやから」

どうして自分と寝るんだと問いつめた時と同じ答えだった。そんなふうに言う楢崎の意図がわからず、怒鳴ってしまう。

「そんな言葉、信じられるか！」

「なんで？」

「そんなに軽く言われて『はいそうですか』なんて、思えるわけがないだろう！　大体、お前はどこまで本気で言ってんのかわかんねーんだよ！　普段から寿司奢れだの商品買ってだの商品買ったら大好きだの、男を手玉に取るようなことを言いやがって。そんな奴の言葉なんか信じられるか！」

怒りに任せて、次々と自分の中で燻《くすぶ》っていたものをぶつけた。楢崎はいつもの調子で、ぼんやりと岸尾を見上げている。

「これでも、勇気振り絞って言ってんのに……」

悲しそうな表情に、ハッとさせられた。長いことつき合ってきたが、こんな顔を見たのは初めてだ。好きな相手に対して意地悪をしたがる気持ちが自分の中にあるのは気づいていたが、さすがにこんな表情を見せられて苛めたいとは思わない。罪の意識に苛《さいな》まれる。

「すごい、勇気振り絞ってんの、わからんか？」

視線を足元に落とす楢崎は、岸尾の庇護《ひご》欲を掻き立てた。断られるかもしれないが、守ってやりたいとすら思う。

「お前、教授とは……」

「教授とは何もない」

「じゃあ通夜の時、『あんなふうに人目を憚らず感情を出せるなんて、よっぽど好きなんだろう』って羨ましそうにしてたのはなんでだよ？」

「あほう。あれは、お前のこと好きって言えんかったから、そう思ったんや」

楢崎がそんなふうに思っていたなんて想像もしておらず、まさに青天の霹靂《へきれき》だった。嬉しいが、嬉しすぎてまだ素直に信用できない。

「わ、わかりにくいんだよ、お前はっ」

「お前こそわからん。俺のこと抱くくせに、いっつも怒ってるやん。俺の話を聞こうともせんし」

言われて初めて、自分のやり方では気持ちなんか少しも伝わらないことに気づいた。

いつも勝手な妄想で一方的に嫉妬し、楢崎を責めていた。言葉で確かめようとせず、偏見に満ちた目で楢崎の像を勝手に作っていたのだ。好きだからこそなのだが、あまりに幼稚で愚かな自分に深く反省する。

「お前を抱くのは、好きだからに決まってるだろう」

「んな、言われなわからん」

確かにそうだ。楢崎がわからないと言っておきながら、その実自分も言葉なんか一切かけず、誤解されても仕方のない行動ばかり取っていた。これでは、想いなんて伝わらない。

「俺は、お前がずっと好きだった。だ、大体なぁ、俺は基本的にお前みたいな大雑把で適当な奴とは相性悪いはずなんだ。そんな奴のために部屋ぁ片づけに行ったりするか？　お前じゃなきゃゴメンだ。目の前でゲテモノ料理を平気で喰うような奴となんて、旅行したりしないんだよ。お前じゃなきゃ……」

言いかけて、自分に注がれている視線に気づいて息を呑んだ。

雨に打たれ、全身ずぶ濡れの楢崎は、なんて綺麗なんだと思った。本当は見た目ほど繊細ではなく、汚部屋住人でゲテモノでも平気で食べる神経の図太い男だとわかっているのに、それでも見惚れてしまう。

途中で告白をやめて黙りこくってしまった岸尾は、ちゃんと最後まで言わなければと言葉を探すが、気持ちばかりが先走りして声にならない。そうしているうちに、楢崎のほうが何か言おうと迷いながら唇を開いた。

言葉を紡ごうとしている赤く色づいたそれを凝視しながら、無意識に楢崎に手を伸ばす。

「あほう。そんなら早く言……、――ぅん……っ」

たまらず、唇を奪った。

ひとたび行動に移すと、自分を抑えきれなくなり、首に手を添えて思いきり貪る。それでも足りず、腰に手を回して引き寄せた。

「うん、……ん、……ぅん……っ」

心の底から湧き上がる情熱に動かされた岸尾は、角度を変え、ついばみ、舌を差し入れて楢崎を感じた。まだ言葉を重ねるのが先なんじゃないかと思いながらも、自分をとめることができない。このキスで気持ちが伝わればいいと思うが、これまで散々言葉を省《はぶ》いてきたのだ。今はちゃんと言うべきだと、唇を離すと額と額をつき合わせて心を込めて告白する。

「俺のほうが好きだ。初めて会った時から、お前に惹かれてた。そりゃ最初は自覚してなかったけど、摑みどころがない不思議な奴だって思って見ているうちに、お前のことばっかり気になって……」

「はよ言え。せめて言ってから押し倒せ。順番違うやろ」

「悪かったよ」

「ま。ええけどな」

楢崎は安心しきったような笑顔を見せたが、ふらりと倒れそうになるのを見て咄嗟《とっさ》に腕を摑む。膝を折って地面に崩れる楢崎を抱きとめるようにして、岸尾も膝をついた。

「おい。お前熱が……」

「大丈夫や」

大丈夫と言いながらも、呼吸は苦しそうだった。額に手を当てると熱があるのがわかる。

このまま雨が止むのを待つべきかと思ったが、雨宿りするようなところはなく、いつ止むかもわからない。さらに雨脚が強くなってきて、雲行きは怪しくなった。

「降りるぞ。俺がおぶってやるから」

「いくらなんでも、男一人担いで、下りられるわけ……ないやろ。お前、そんな……サバイバル向きやない」

「大丈夫だよ。見くびるな」

正直言うと、そう言いきれるほど体力に自信があるわけではなかった。けれども、このままここで雨に打たれているわけにはいかないと思い、楢崎をおぶって歩き出す。

「寒くないか？」

「うん。なぁ、岸尾」

「なんだ？」

「帰ったら、しよ？」

耳元で呟かれドキリとした岸尾は、顔を真っ赤にした。心臓が激しく音を立てている。

「お前のそういうところが、慣れてそうだっつってんだよ」

「今のも、ものすごく勇気振り絞って言ったんやけどな」

クス、と笑う楢崎に、本当に無意識なんだとわかり、罪な奴だと心底思う。きっと楢崎は自分の魅力がわかっていないから、こういうことを言えるのだ。

「わ……っ！」

その瞬間濡れた枯《か》れ葉に足を取られ、岸尾は五メートルくらい下まで滑り落ちた。かろうじて木の枝を摑んでとまったが、手の皮が破れて血が滲み、膝も擦《す》り剝いてしまう。

「やっぱ、無理や。雨止むの待とう？」

「大丈夫だ。危ないから、しっかり摑まってろ。わかったな」

「……うん」

熱があるせいか、しがみついてくる楢崎の体温がやたら熱いのを背中で感じた。途中から喋る気力もなくなったらしく、黙りこくっている。耳にかかる熱い息に、楢崎の状態が心配になり、焦りを覚えた。

「頑張れよ、もう少しだからな」

返事もろくにしない楢崎に何度も声をかけながら、岸尾はただひたすら下を目指して歩いた。コツが摑めてきて、楢崎をおぶっていてもスピードを上げて歩けるようになり、下へ下へと足を進める。

しかし、上から大量の泥水が落ちてきたかと思うと、何かに足を取られた。

「——ぅわぁぁあ……っ」

土の塊が崩れ、岸尾と楢崎は土砂《どしゃ》とともに山肌を滑り落ちたのだった。

「ん……」

岸尾が目を覚ました時、時計の針は七時を指していた。午前なのか午後なのかすぐにはわからずぼんやりと見つめていたが、楢崎をおぶって山を下りていたことを思い出して跳ね起きる。

楢崎は目の前で寝ていた。

岸尾はベッドに楢崎を寝かせ、自分はその横に椅子を持ってきて看病していたが、途中で寝てしまっていたのだ。楢崎が安らかな寝息を立てているのを見て安心し、ようやくこの状況に至るまでのことを思い出す。

あれから岸尾は土砂とともに十五メートルほど滑り落ちたが、腐った木が土砂をせき止めた形になり、途中でとまった。気を取り直して再び楢崎を担いで歩き出したが、同じようなことを二回繰り返したため、下山した頃には泥まみれだった。

電話でタクシーを呼んだはいいが、運転手に嫌な顔をされたのは言うまでもない。

自分のマンションに戻ると、熱いシャワーをバスルーム内に浴びせながら風呂を沸かした。楢崎を湯船に放り込んで水を飲ませたのは、往診してくれた医者が電話口で与えた指示だった。

躰の芯まで温まってから暖房の効いた部屋に移したところでインターホンが鳴ったのだが、初老の医者は楢崎よりも岸尾の状態のほうに呆れていた。服は泥まみれのままで、手のひらの皮はずる剝けで他にも擦り傷や切り傷だらけだ。医者は楢崎に注射をしたあと、岸尾のためにも薬を置いて帰っていった。

あれから十二時間以上が過ぎている。

つまり、今は朝の七時というわけだ。

(大学……何時からだっけか)

変な格好で寝ていたため、疲れはまだ残っていた。慣れないことをしたせいで筋肉痛にもなっている。

『帰ったら、しよ?』

耳元で囁かれた言葉を思い出し、楢崎をじっと見下ろした。

（何が『しよ？』だ……。結局オアズケじゃないか）

気持ちが通じ合ってももどかしい思いをさせられるのかと思うが、それも自分たちらしいと諦めの境地に入る。

もうずっと長いこと、想うだけの時間を過ごしたのだ。今さら一週間や十日のオアズケなんて、どうってことない。

「いや、一ヵ月以上かかったりしてな……」

それもあり得るとにわかに不安がよぎるが、それでもこれまでのことを考えたら「まぁいいか」と開き直ることができた。これからは、じっくり時間をかけて確かめ合えばいい。

「ん……」

楢崎が小さく声をあげたかと思うと、瞼《まぶた》がゆっくりと開く。

「起きたか？」

「ああ」

楢崎は、だるそうだった。

時々ぼんやりしすぎて目の焦点が合ってないように見えることがあるが、それと同じだ。目を合わせているのに、どこか頼りない。

「ここ、どこや？」

「俺の部屋」

「……ああ。そういや、おぶってもらって山を下りたんやったな」

「大変だったんだぞ。俺はあっちの部屋で寝るから、お前はここであとひと眠り……」

手を握られ、心臓が小さく跳ねた。まだ少し、熱がある。

「なんだ？」

「しよ言うたやん」

「……お前な」

いくらなんでも、今は楢崎を抱くなんてできなかった。岸尾自身かなり疲れていたが、そういうことが理由ではない。

今はきっと歯止めが利かない。間違いなく、タガが外れてしまうだろう。

「別に今する必要は……」

手をどけようとしたが、楢崎はじっと岸尾を見上げて視線でそれをさせてくれない。

（くそ……）

自分の堪え性のなさに舌打ちしながらも、あっさりと落ちてしまう。

「お前は……っ、どうなっても知らないぞ」

布団の中に潜り込み、首筋に顔を埋めた。小さく漏らされた声がやけに色っぽく、一気に理性が吹き飛んでしまう。白檀のような微かな体臭も、岸尾を獣にしてしまうものの一つだ。

やはり、躰が熱い。

こんな状態の時に抱いていいのかと思うが、男とはゲンキンなもので楢崎を心配しながらもしっかりと反応している。しかも、すぐにでも暴走してしまいそうだ。差し出された生贄《いけにえ》の滑らかな肌やしなやかな肢体《したい》に、すっかり骨抜きになっている。

「頭、……くらくらする」

「今さらストップかけるなよ」

言われる前にと軽く念を押し、首筋に唇を這わせた。

「あかん……、やっぱり、——……っ」

「お前が誘ったんだぞ」

パジャマの上から突起を探り当て、強くつまむ。

「——ぁ……っ！」

痛みに顔をしかめる楢崎がたまらなく色っぽく、もっとこんな顔をさせたいと思った。

今さらやめようなんて言われても、とめられるわけがない。抵抗する気なんかなくなるほどメロメロに酔わせてみたくなり、弱い部分を責めていく。

「俺は、一応……我慢したからな」

「んぁ……」

身をよじる楢崎を見ているともっとよがらせてみたくなり、今度は布の上からもう片方の突起に舌を這わせた。

「ぁ……、……あっ」

切なげな声が次々と漏れ、岸尾の男を刺激する。肩に添えられた楢崎の手が、岸尾のシャツをきつく摑んでいる。

「ここが、そんなにイイのか？」

煽り、パジャマの中に手を入れてわざと肌に擦れるようにたくし上げた。貰ったシルクのパジャマを持て余していたが、捨てずに取っておいたよかったなんて思ってしまう。

幾度となく躰を重ねてきたが、気持ちが通じないまま抱くのとは違う。一つ一つの反応がいとおしくて、もっと気持ちよくさせてやりたいと思う。

「……っく、……ぁあ」

「お前、いやらしい躰してるな。本当に教授とは何もなかったのか？」

「ぁ……、当たり前、や……、信用、してないんか……？」

「冗談だよ。ちょっと待ってろ」

クス、と笑うと、岸尾はいったん布団の中から抜け出し、薬箱の中から軟膏《なんこう》を取ってきた。そして衣服を全部脱いで全裸になり、再び布団の中に潜り込む。

「今まで、こういうの使ったことなかったな。痛かっただろ？」

膝を肩に担ぎ、軟膏を塗った指で後ろを探った。唾液なんかより滑りは各段によく、蕾やその周りの肌の上に指を滑らせただけでもやたら卑猥《ひわい》な感じがした。

「……ぁあ……っ！」

わざと焦らすようにそこを揉《も》みほぐし、じわじわと指を埋め込んでいった。戸惑いに濡れた声は甘く、それを聞いているだけでも我を失いそうになる。

「――はぁ……っ、あっ、……はぁ……っ」

　根本まで埋め込むまで、少しの反応も逃すまいと楢崎の表情を見ていた。目許を染め、甘い吐息を漏らしながら快楽に溺《おぼ》れまいとする楢崎は、どんな女よりもそそられた。普段からあまりペースを乱さない男だけに、自分の愛撫がこうも楢崎を翻弄《ほんろう》するのかと思うと、自分が楢崎にとって特別な相手だと言われているような気がするのだ。

「こんなに優しくしたのは、初めてだな」

「ぅ……っく、……んぁ、あ、あっ」

　思えば、最初は怒りに任せて犯した。せっかくまっさらだった躰をあんなふうに抱いてしまったなんて、自分は相当馬鹿だと激しく後悔する。

「もっと優しくしてやる。おかしくなってしまうくらいにな」

　テクニックに特別自信があるわけではなかったが、丹念に愛撫を重ねて狂わせてやろうと思った。涙で潤んだ瞳で見つめられ、心臓が小さく跳ねる。

「……好きや」

「これがか？」

　照れ隠しに言い、根本まで埋め込んだ指を楢崎の中で動かしてみせた。

「あほう、ちが……」

「わざと言ったんだよ」

「お前、……いけずやな……」

「自分の性格が悪いことは知ってるよ」

本当は好きだと言われて、舞い上がるような気持ちだった。しかしリードしていたいという男の見栄から、ついこんな態度を取ってしまう。

「俺も好きだぞ」

「あかんて……、手加減……っ」

戸惑う楢崎の姿を見て岸尾も次第に余裕がなくなり、耳朶に噛みつくようにして囁いた。

「もう、挿れて、いいか?」

「ぁ……っ」

答えを聞く前にあてがい、腰を進めていった。そして容赦なく貫き、深々と根本まで収める。

「んぁ、あ、――ぁぁああ……っ!」

掠れた声に、自分がとてつもなく悪いことをしているような気になった。楢崎も大人の男だというのに、まるで無垢《むく》な存在を穢《けが》すような気持ちになり、ますます男を刺激されるのだ。無意識だろうが、楢崎はまさに男を喰い慣れたかのような締まりで岸尾を放さない。

「こんなにいやらしい躰してるのに、教授に喰われてなかったなんて、信じられない」

「お前……変な、ビデオ……見過ぎと……違うんか……?」

芝居じみた台詞に呆れているようだが、楢崎が昂りを覚えているのも事実だった。言葉にされずとも、繋がった部分がきつく収縮して、本音を吐露している。

「好きだぞ」

「んぁっ!」

ずるりと引きずり出し、再び奥まで収めた。あるポイントに先端が当たると、信じられないくらいイイ声で啼く。

それが可愛くて、わざと探るように中を掻き回した。

「あ、あっ、――ぁあっ！」

ゆっくりと回すような動きから、次第に責め立てるような動きに変えていく。岸尾を咥え込んだ部分がさらにきつく収縮し始め、しゃぶりつくように吸いついてくるまでに時間はかからなかった。

もっと濃厚に喰ってやると、膝を肩に担ぎ直す。

「あ、あかんて……」

「こうした方が、奥まで届く」

「も……限界、て……言うて……、――んぁあ……っ」

切れ切れに息をしながら抗議する楢崎は、たまらなく色っぽかった。次第に岸尾も余裕を失っていき、獣と化していく。

岸尾の動きに合わせてベッドが軋み、息遣いも荒々しくなっていった。

「どうだ？　イイか？」

遮光カーテンから漏れる光が、先ほどより随分明るくなっていた。外は快晴のようだ。

通勤するサラリーマンやＯＬで街は活気づき始めている頃だろう。一日の始まりという一番爽やかな時間からこんなことをしていると思うと、ますます欲望に火がついた。

「仕事サボって……っ、こんなことしてるなんてな」

「そや……電話……、せな……、――ぁ……、んぁ……っ」

「まだ始業時間じゃないだろ」

「今、何時……っ」

「時間なんか気にするな」

「そんな、わけ……、いくか、……待てって……っ、――んあぁ」

会社のことを気にする楢崎を無理やり押さえ込んで快楽を注ぐことに、妙な興奮を覚えた。自分を見失うまいとする相手を己のものにする悦びは、言葉では形容できない。

「お前の中、濡らしていいか？」

「んぁ、あ……、ぁあっ」

「一緒に、イこう」

「……早、……も……、限界……ぁ……」

「俺もだ」

「――ん……っ、ん、……ぅん、ん、……んっ、んぁ」

唇を塞ぐと、岸尾は楢崎を激しく突き上げた。リズミカルに腰を打ちつけ、翻弄してやる。しかし、岸尾を咥え込んだ部分が激しく痙攣《けいれん》したようになり、絶頂を促される。

「イクぞ」

「……俺、も……、んぁ、――んぁぁあ……っ！」

「――っく！」

岸尾は、楢崎が絶頂を迎えるのと同時に自分も白濁を放った。楢崎の中を濡らす悦びと興奮で雄叫びをあげたくなるが、かろうじて堪える。

「――はぁ……っ、……はぁ」

一滴残らず解き放つと脱力し、楢崎に体重を預けた。背中に回された腕は力なく添えられているだけだが、まるで岸尾の存在を確かめているかのように汗ばんだ背中をそっと撫でている。

暖房を入れているからかかなり暑く、岸尾はいつの間にか汗だくになっていた。腕を伸ばして躰を離すと、汗が顎の先から滴り、楢崎の頬の上に落ちる。

「よかったか？」

顔を覗くと、楢崎はうっすらと目を開けて岸尾を見つめ返した。紅潮した頬がすべてを物語っているが、楢崎はちゃんと言葉にする。

「死ぬかと、思た……」

クタクタだと言いたげな表情がたまらず、岸尾は「もう一度……」と訴える自分を抑えるのに苦労するのだった。


本調子ではない相手を存分に抱いた岸尾は、ぐったりとした楢崎を毛布にくるんでその上から抱いた格好で寝ていた。

駄目だ無理だと言われると、俄然《がぜん》燃えてしまうのは男の性《さが》だろうか。

「大丈夫か？」

「……大丈夫や、ない」

「ずっと好きだったんだから、許せ」

そう言ってギュッと抱き締め、髪の毛にキスをする。

「ずっとか？」

「ああ。濡れてるお前に、惹かれたんだよ」

「濡れてる俺て……いやらしいな」

呆れた口調で言われ、慌てて否定する。

「ち、違う。そういう意味じゃない」

雨の中に佇む楢崎が神秘的だったと言いたかっただけなのに、変なふうに取られて顔を赤くした。

どうして自分はこうも説明下手なのかと思う。楢崎を前にすると、みっともなくて無様で器の小さい男になってしまうのだ。好きな人の前で一番格好よくありたいのが男の心理だと思うが、やることなすこと裏目に出るような気がする。

お前がいないところでは、結構格好いいしモテるんだぞ……、と心の中で言ってみるが、自分の本来の姿はこっちなのかもしれないと思い、口にするのはやめた。

女子学生に憧れの眼差しで見つめられ、黄色い声をあげられる准教授様は、蓋《ふた》を開ければ格好いいどころか、まともに自分の気持ちすら伝えることのできない情けない男なのだ。

今、それがようやくわかった。

「俺は情けないところばかりお前に見られてる気がする」

「そうか？　まぁ、そうかもな」

「否定しろよ」

「でも、さっきはちゃんと格好よかったぞ。あんな山道を男一人担いで下りるなんて、惚れ直したわ。お前には、いつもちょっとずつ好きにさせられる。タチが悪いな。俺の部屋を片づける時なんか、惚れ惚れするわ」

「それって惚れるところか？　俺に片づけさせようって魂胆にしか聞こえないぞ」

「あほう。男前なお前が生活力あるから格好ええんや。靴下はつま先のほうを洗濯バサミでとめるとゴムが伸びんって教えてくれた時の表情なんか、忘れられん」

「お前……」

そんなところが楢崎のツボなのかと、微妙な気分になった。他にもっといいところがあるんじゃないかと思うが、変わり者なだけに、惚れるところもひと味違う。

けれどもそのおかげで、自分みたいな気難しい男を好きになってくれたのだ。

そう思うことにして、楢崎らしいと笑う。

しかし、ふとある記憶が蘇った。

「あ！」

「なんや？」

「あのキスマーク、誰につけられたんだ？」

「え？」

「躰中につけてただろう」

楢崎が男と歩いていたのを見たあと、躰を使って営業をしているんだろうと問いつめた時に見つけたあれだ。無数に残る男の痕跡に我を忘れた。

「あ……」

楢崎はしまったという顔をしたかと思うと、気まずそうに躰の向きを少し変えた。視線を逸らすのは、後ろめたいことがある証拠だ。

「言ったら、お前怒る」

「！」

無防備に男を部屋に連れ込んで無体なことをされたのか、それとも別の理由があるのか。デキ心の浮気でもいいぞと、身構える。

自分も素直になれないあまり、気持ちを確かめずに関係を結び、楢崎を傷つけてきたのだ。疑い、こじらせた一番の責任は自分にあると思い、一度や二度の過ちは水に流してやると腹を括る。

「あれな、実はな……」

「実は、なんだ？」

「あれ、キスマークやなくてノミや」

岸尾は一瞬、自分の耳を疑った。

「ノ、ノミ!?」

「迷い犬を保護してな、一週間ほどうちにいたんやけど一緒に寝たのが悪かったんやな。布団に湧いてしもたんや。俺、いっつも部屋が汚いって怒られるし、さすがにノミまで湧いたら、愛想尽かされると思てな」

「お前、な……」

あの汚部屋住人なら、確かにあり得る。もっと重大な過失があるかと思っていたが、意外すぎる真相に拍子抜けするやら呆れるやら。

(ノミに嫉妬してたのか、俺は……)

あまりに馬鹿馬鹿しくて、怒る気にもなれない。

「嫌われる思て、言えんかったんや。さすがにノミはキツいやろ」

「お前の部屋、掃除しに行ってやる」

「ノミはもう退治した。犬コロももうおらんし」

「当たり前だ！　あれから何日経ってると思ってるんだ」

思わず怒鳴ってしまうが、浮気されるよりマシかと思うことにする。

「これからは、俺がちゃんとお前の世話をしてやるよ」

そう言って抱き締めると、楢崎も小さく頷く。心地よい疲労とともにある至福の時間は手放し難く、楢崎の会社に休むと連絡を入れなければと思うが、岸尾はあと五分だけと自分に言い聞かせてようやく手に入れた恋人の匂いを吸い込んだ。

一難去ってなんとやら。

ようやく甘い恋人の時間を過ごそうと思っていた岸尾は、不機嫌極まりない顔で目の前の人物を見ていた。

楢崎のマンションにいたのは、派手な格好をしたニューハーフ――香澄だった。

「なんでお前がいるんだ」

「男と別れたの～」

「また逃げられたらしい」

「そう。お金もなくてアパートも追い出されちゃった。しばらくここに置いてもらうことにしたの」

「――なんでだっ！」

せっかく気持ちを確かめ合ったというのに、邪魔に入られてたまるかと抗議する。

「ええやん。減るもんじゃないし」

「そうよそうよ。エッチしたい時はセンセーの部屋に行けばいいじゃ～ん。ケツの穴の小さい男ね」

「なんで俺がダメ男みたいに言われなきゃいけないんだ」

「その通りじゃない」

「お前に言われたくない」

冷たく言うと、香澄は楢崎に力説する。

「こんな懐の浅い男なんて、捨てちゃいなさいよ。絶対苦労するわよ。下げチンみたいな男って本当にいるのよ。この先生は絶対にその類《たぐい》だわ。あたしにはわかる」

あまりの言いように反論しようとすると、タバコに火をつけた楢崎は煙を吐きながら嬉しそうな顔をした。

「惚れたほうが負けや」

幸せそうな笑みに言葉を奪われたらしく、香澄はきょとんとしたまま動かない。岸尾も胸がトクトクと音を立て収まらず、どんな顔をしていいのかわからなかった。

「あ、そうや。洗濯物取り込んどらんかった」

楢崎が思い出したように言い、窓を開けた。夜だが気温は高く、空は晴れ渡っている。満月を見て、香澄が嬉しそうに窓から身を乗り出して夜空を眺めながら黄色い声をあげた。

「きれーい！」

無邪気にはしゃぐ姿を後ろから見ていると、隣に立っていた楢崎がぽつりと言った。

「最近天気いいなぁ。雨、降らんかな」

「どうしてだ？」

「濡れてる俺が好きって言うたやん」

香澄に聞こえないように小声で言われ、吐息がかかる。誘っているような行動に、赤面せずにはいられない。

「そ、それはきっかけだ」

なんとか平常心を保ちながら言うが、無駄に終わる。悪戯《いたずら》っぽい目をしたかと思うと、楢崎は唇を岸尾の耳に当ててこう囁いた。

「ま。そうやな。それに、雨が降らんでもお前が濡らしてくれるか」

惚れたが負け

異性でもない。同性とも言えない。

人間はいったいどこまで神に近づこうとするのだと思いながら、楢崎《ならさき》は目の前の香澄《かすみ》を見ていた。どこから見ても女だ。前に見せてもらったことがあるが、股間のものが切除済みなのは当然で、女と同じように穴まで空いている。しかも、挿入されればちゃんとわかるし、快感も得られるというのだから医学の進歩には心底感心する。

「ほんっと、最低なんだから。もう絶対あんな奴には騙《だま》されない。二度と会わない。絶対に許してあげない！」

楢崎が感心してやまない躰を持つ香澄は、先ほどからずっと元カレの愚痴を零していた。

知り合ってそう長くない相手だが、昔からの親友のように楢崎に懐いている。自殺しようとしていたところを阻止し、一緒に角打ちで飲んで意気投合したのがきっかけで、頻繁《ひんぱん》に楢崎のマンションに遊びに来るようになった。二度も同じ男に有り金を持ち逃げされ、一時は楢崎のマンションに居候していたこともあったが、今は新しいマンションを見つけて一人暮らしをしている。

だが、ようやく見つけた新しい男も、ただのろくでなしだった。

最近同棲を解消した男は、香澄に生活費のほとんどを頼っている上に、あちこちに女を作らずにはいられない、いわゆる『ヤリチン』だった。つき合って二週間目にして最初の浮気が発覚し、そんな男はやめろと忠告されながらもズルズルつき合っていたが、この度《たび》ようやく別れる決心をしたというのである。

本当に懲りないニューハーフだと思うが、人を好きになるのにそういったことは関係ない。惚《ほ》れたほうが負け。

それを実感として知っている楢崎は、とことん愚痴につき合う覚悟で傍にあった洗濯物の山に寄りかかって缶ビールを呷《あお》った。取り込んだのは数日前だが、畳《たた》むのが面倒でずっとカーペットの上に山積みになっている。いい背凭《せもた》れだ。

「それで、決心したきっかけはなんや？」

「もちろん浮気よ！　昨日の夜、あたしが仕事に行ってる間にオカマ連れ込んでたのよ！　早めに仕事終わって帰ったら、ベッドで一緒に寝てたわ。ね、ひどいでしょ？　オカマよ、オカマ！」

「ニューハーフの香澄がオカマを差別するんか？」

「違うわよ！　下の工事もやってないような中途半端なオカマに寝取られたのがむかつくのよ。女ならまだ我慢できるけど、オカマやニューハーフに負けるのは嫌なのよっ！」

「そんなもんかいな」

「あたしが躰にいくら投資したと思ってんのよ～。楢崎ちゃ～～ん、慰めて～～～～っ」

泣きつかれると、くすんくすんと鼻を啜《すす》っている香澄の頭を引き寄せてポンポンと軽く叩いてやった。甘えて少しでも気が晴れるのなら、たっぷり甘やかせてやろうと思う。

「よしよし、つらい想いしたんやな。泣いて気が済むならいくらでも泣いてええ」

「楢崎ちゃん、あたしとエッチして」

「そら無理や」

「どうしてよ！」

「俺のカレシは岸尾《きしお》センセーやからなぁ」

はっきり言ってやると、香澄は唇を尖《とが》らせて躰を離した。男に裏切られたばかりの香澄にとって、順調に岸尾との交際を続けていることが面白くないらしい。

「何よ～。人がふられて泣いてんのに、自分だけラブラブなのね。そういえば、最近部屋も比較的片づいてるもんね。どうせ岸尾先生に片づけてもらって、躰でお礼をしてるんでしょ！　やーっ、もういやらしい。あの先生、むっつりっぽいものね。きっとあたしが考えつかないようなすごい体位で、朝までアンアン言わされてるんでしょ！」

「思いつかない体位ってどんなや」

「だから思いつかない体位よ。例えば……そうね、天井から吊るされて大股《おおまた》開いて空中で突きまくられるとか」

「それ痛そうやな」

「あら、案外いいものよ」

「やったんか」

「カレシと一緒にSM部屋に行ったのよ。お道具も揃《そろ》ってるし、好きな人と行くと楽しいわよ」

「じゃあセンセーと行ってみよ」

楢崎の言葉に、香澄はますますムキになり、胸のところで拳《こぶし》を握り締めて訴えた。

「いいわよいいわよ！　二人でSMでもなんでもしたらいいわ！　楢崎ちゃん、淫乱のオカマになってあたしと一緒に夜の街で働くようになるといいわ！」

拗《す》ねた口調で言い、またくすんくすんと鼻を啜り始めた。

（こんな可愛《かわい》い子を騙して捨てるなんて、ひどい男や）

ニューハーフだろうがなんだろうが、楢崎に言わせると香澄はイイ子だ。思いやりがあって、男に尽くす。こんな香澄を裏切るなんて、愚かとしか言いようがない。香澄を裏切った男は、自分の幸せを捨ててしまったのと同じだ。本当に馬鹿な奴だと思う。

「それより香澄、今日はなんか用事があるんやなかったんか？」

「あ、そうだわ。浮気発覚ですっかり忘れてたわよ」

香澄は、思い出したようにカバンを手に取った。そして、中をごそごそと探る。

「じゃ〜〜〜ん。これなぁ〜〜〜んだ！」

「変わり身早いな。怒ってたんと違うか」

「もう、怒りすぎて疲れたわよ。ほらほら。それよりこれなんだと思う？」

香澄がカバンから出したのは、小包だった。住所はローマ字で書いてあり、海外からの荷物だとわかる。今は英語ができなくても簡単に世界中で買い物ができるよう、仲介サイトもあって便利だ。楢崎も一度、利用したことがある。

「なんやそれ」

「ふふふふふふ……。楢崎ちゃんが好きそうなもの。この前テレビでやってたから、取り寄せてみたんだ〜」

男と別れてご機嫌斜めだった香澄は、今はそんなことをすっかり忘れてしまったかのようにウキウキと包みを開けた。中から出てきたのは、エアキャップという梱包材《こんぽうざい》で厳重に包まれたものだ。英語で何か書いてあるが、面倒臭がりの楢崎は読む気になれない。

「俺の好きそうなもんって……」

「シュールストレミングよ！」

どうだ、といわんばかりに目の前に突きつけられたが、たいした反応はできなかった。ぼんやりと包みを見て、香澄と目を合わせる。

「シュール……なんやそれ？」

「ゲテモノよ、ゲテモノ。楢崎ちゃん好きでしょ」

「好きとちゃう。あったらチャレンジしたくなるだけや」

「それは好きってことよ」

「そうか？」

「とにかくすごい食べ物なのよ。ニシンの缶詰らしいんだけど、ものすごく臭いんだって。なんせ『くさや』の六倍も臭いのよ！　ゲテモノ好きの楢崎ちゃんは、一度食べておかなきゃ駄目よ」

「くさやの六倍かぁ。へぇ、そら面白そうやな」

楢崎は、シュールストレミングなるものをじっと眺めた。

ゲテモノが好きだという自覚はなかったが、もしかしたらそうかもしれない。未知の食べ物を前にすると、心が躍るのだ。どんな食感でどんな味がするのか、想像しただけでわくわくする。今もくさや六倍と聞いて、興味がむくむくと湧き上がってきた。

そもそもゲテモノといっても、文化が違えばごく普通に食べるものだ。日本人は当たり前にナマコや納豆を食べるが、海外の人にとってはとんでもない食べ物になることを考えると、コオロギやタガメなんて毛嫌いするほどのものではない。

今まで一番危険だった、チーズに蛆蟲《うじむし》をたからせて発酵させてから蛆蟲ごと食するカース・マルツゥは、さすがに国が違っても食べる者が限られているが、楢崎に言わせると蜂《はち》の子とそう変わらない。それを食べる地域が限定されているだけで、誰も食べたことがないわけではないのだ。

自分より先に食べた人がいて、あまつさえ愛好家なる者がいる。これはもう、人間が食べていいものだと言われているのと同じだ。蛆とて主にたんぱく質でできた生き物だ。むしろ、合成着色料など自然界に存在しないもののほうが危険だと思う。

岸尾に言わせると、生の蛆蟲を食べるほうが自殺行為だというのだが。

「なんや。これ缶切りいるんか。あったかなぁ」

楢崎は台所へ行き、引き出しの中を漁《あさ》った。数日前に岸尾が掃除しに来てくれたため、今は比較的片づいているが、それでも台所のほうからゴミが積み上がり始めている。

なんとか缶切りを捜し出した楢崎は、部屋に戻ってシュールストレミングの缶を手に取った。

「楢崎ちゃん、ちょっと待ってよ。説明書読むから」

「説明書なんかいらんやろ。缶開ければいいと違うか。しかし、なんでこんなにパンパンに膨れてんねん。賞味期限過ぎてるんと違うか？」

一部が錆《さ》びている缶切りを嚙《か》ませ、グッと力を入れて歯を缶の縁にめり込ませた。

「あっ、ちょっと待って！」

「んー？」

顔を上げた途端、プシュッ、と音がして勢いよく缶から液体が噴き出す。まるで噴水だ。そして同時に、鼻に突き刺さるような異臭に襲われた。

「きゃあああああ～～～～～～～～っっっっっ！」

香澄の悲鳴が、部屋にこだまする。

まるで返り血を浴びた殺人犯でも見るように、楢崎を見る香澄の表情は恐怖で満ちていた。缶から飛び出した臭い液体を頭から被《かぶ》った楢崎は、何が起きたのかわからぬまま彼女に助けを求めて手を伸ばす。

「香澄……」

「いや～っ、来ないでっ、こっちに来ないでっ！　臭いっ、臭いっ。臭いわ～～～～っっっ」

香澄がそう言いたくなるのも無理はなかった。ものすごい異臭を放っているのは、自分でもわかっている。鼻がもげそうだ。この世のものとは思えない。

「……なんや、これ」

手に滴り落ちた汁を見て、ポツリと呟《つぶや》いた。ドロッとしていて茶色く濁っていて、小さな固形物も混じっている。匂いもひどいが見た目もひどい。宇宙から降ってきた謎の生物のようだ。

これが本当に食べ物なのかと思っていると、廊下を走ってくる足音が聞こえる。

「おいっ、どうしたっ！　今の悲鳴はなんだっ？」

ドアが開いて、岸尾が部屋へ飛び込んできた。颯爽《さっそう》と現れた恋人に、相変わらず男前やなぁ……、なんて悠長なことを考え、スーツ姿の岸尾をぼんやりと見つめる。きっちりとネクタイを締め、理性で武装したような恋人は、准教授という肩書きが抜群に似合う外見をしている。

心が蕩《とろ》けるほどの男前。

いつもぼんやりとしている楢崎の心をも落ち着かなくさせる岸尾は、一瞬固まったかと思うと、顔をしかめて鼻を手で覆った。

「な、なんだこれはっ！」

「さぁ、香澄が持ってきた缶詰を開けたらこうなったんや」

岸尾の鋭い視線が、香澄に向けられる。

「あ、あ、あたし知らな〜〜〜いっ！」

香澄は部屋を飛び出し、一目散に逃げていった。あっという間のことで、岸尾も楢崎も何もできずに見送るだけだ。香澄が消えていったドアを眺めながらしばらく呆然《ぼうぜん》としていたが、岸尾はすぐに我に返る。

「なんとかするぞ。そもそもこれはなんの匂いなんだ」

「香澄が持ってきたニシンの缶詰らしいんやけど……」

「よりによってシュールストレミングか！」

「知ってんの？　さすがセンセーやな」

「感心してる場合か！」

説明書を手に取った岸尾は、それに目を通してからぐっと握り締め、楢崎の目の前に掲げた。

「お前、これ読んだのか？」

「英語なんてそうそう読むかいな」

「あほう！　お前、ここに書いてある……っ、ゲホゲホゲホ……ッ、……くそ、目にしみてきた」

いつも小言ばかりを漏らす岸尾だが、あまりの臭さに眩暈《めまい》を起こしたようで、説明書を置くと次の行動に移る。

「とにかく、掃除からだ！」

ティッシュを鼻につめ込み、脱衣所の棚にしまい込んでいる雑巾《ぞうきん》やバケツを取り出してから、辺りに飛び散った汁を拭《ふ》き取り始めた。定期的に掃除をしに来るだけあり、楢崎の部屋に常備している掃除道具を知り尽くしているのが、楢崎の目にはいっそう男前に映る。

部屋の主《あるじ》である自分ですらよく覚えていないのに、どうしてなんでも知っているのだろうか。まさにパーフェクト。

楢崎の目は、世界で名高いトップアーティストのライブを最前列で見ているファンのそれだ。

「お前、何ぼーっとしてるんだ？」

「見惚《みと》れてるんや。男前が鼻にティッシュなんかつめ込んだら、惚れ直すやん」

「何呑気《のんき》なこと言ってるんだ。とにかく、お前は頭洗ってこい。部屋は俺がなんとかするから！」

風呂場に叩き込まれ、とりあえず着ているものを全部脱ぎ捨ててシャワーで汚れを洗い流す。

った。

これ以上洗っても無駄だと悟った楢崎は、風呂場を出るとバスタオルを腰に巻いて岸尾のもとに戻った。

のか。毛穴から体内に染み込んでしまったのではないかと思うほど、しつこくて頑固だ。

排水溝に次々とお湯が流れ込んでいくが、一向に匂いは消えない。頭から被ったのがいけなかった
（しかし、すごい匂いやな）

※

「センセー、上がったけど……部屋ぁ、まだ臭いなぁ」

「一度には無理だ。少しずつ匂いを取るしかない。お前もまだ臭いぞ。うちで風呂入り直せ」

岸尾はできるだけ匂いが外に漏れないよう、ガムテープで窓とサッシの間を目張りして周り、換気扇など匂いが漏れそうな箇所も徹底的に塞《ふさ》いだ。

「センセー、もしかして俺のこと連れ込んで変なことしようと思ってへんやろな」

「お前は、こんな時に……っ。そんなこと考えるか！」

「なんや。センセーが俺のこと狙《ねろ》うてる思て、嬉《うれ》しなったやん」

「アホか！　馬鹿か！　早く服に着替えろ！　——違う！　その洗濯物は臭い汁を被ってるだろう！どうしてお前はそんなこともわからないんだ。タンスの中の服を着るんだよ！」

ガミガミ言われながら、タンスの中を漁り始める。洗濯物を片づけていなかったため、古くなってあまり着なくなったものしか入っていない。パンツにいたっては、最後にいつ身につけたのか覚えていないゴムの伸びたビキニパンツしかなかった。

冷たく、そしてぺしゃんこになったそれは「もう自分は引退だ」と言いたいのか、引き出しの奥で

じっと息を殺している。

「まぁ、これでいいか」

「ほら、急げって！」

怒られながらも、楢崎はなぜか幸せな気分になっていた。


一坪くらいの広さの風呂場には、持ち主の性格が現れていた。ボディソープもシャンプーもリンスも、整然と並んでいる。石鹸《せっけん》カスなどどこにもついておらず、水垢《みずあか》すらない。ピカピカに磨き上げられた風呂場は、まるで今日初めて使うもののようだ。

「センセーは綺麗《きれい》好きやなぁ」

全身を洗い終えた楢崎は湯船に浸《つ》かり、ぼんやりと岸尾の姿を脳裏に浮かべた。

あれから二人はタクシーで移動したのだが、完全に異臭の消えていない楢崎に運転手は嫌な顔をした。迷惑料として釣銭は受け取らず、急遽《きゅうきょ》コンビニで買った消臭剤を手渡してなんとか岸尾のマンションへ移動したのが、十五分ほど前。

今は、岸尾が毎日使っている風呂場で、岸尾のことを考えている。

(そんなに怒らんでもええやん。岸尾センセーは怒りっぽいなぁ)

そんなふうに思うが、怒っている顔も好きなのだ。我ながら、どうしてこうベタベタに惚れてしまったのだろうと思う。しかもこの湯船は、昨夜は裸の岸尾が座っていたのだ。さらに言うなら、先ほど躰を洗ったスポンジも昨夜は岸尾の躰を洗った。

間接キスならぬ、間接タッチ。

(俺、変態かも……)

ドキドキしてきて、岸尾に対する自分の気持ちを改めて思い知る。

(しかし、センセーはなんで俺なんか好きなんやろな)

自問するが、その答えは見つからない。

片づけはできないし、しがない事務用品メーカーの営業だ。准教授なんて立派な肩書きを持った岸尾と自分とは、釣り合わない。おまけに岸尾が使ったスポンジを使って喜ぶような変態だ。

そんなことをぼんやりと考えていると、ドアの向こうに岸尾の姿が見えた。

『おい、もう洗ったか？』

「もうぴっかぴかや。これ以上綺麗にできん」

そう返事をするとドアが開き、靴下を脱いだ岸尾が難しい顔で入ってくる。匂いチェックのつもりか、濡れた頭の近くに鼻を近づけてきた。

ちゃんと洗ったつもりだが、岸尾はますますしかめっ面になって不機嫌な口調で言う。

「駄目だ。まだ臭《にお》う」

「え〜、もうええやん。匂い取れたやろ？」

「まだ臭う。お前、臭くないのか？」

「最初に強烈なの嗅《か》いだからなぁ、もう鼻が麻痺《まひ》してもうた」

「洗ってやるから貸せ！」

有無を言わさずといった態度で湯船から引き上げられ、椅子に座らされる。

岸尾はワイシャツのボタンを外し、袖《そで》と裾《すそ》をまくり上げてシャンプーを手に取った。ネクタイもしておらず、ワイシャツのボタンも一つ外しているため、胸元がチラリと見えていつもの武装は解除といったところだ。

「ほら、あっち向け」

岸尾を背にすると、シャンプーをたっぷりかけられ、強い力でゴシゴシやられる。さらに、たっぷりとボディソープを染み込ませたスポンジで躰のほうも容赦《ようしゃ》なくやられた。

あんまり強くこすられるものだから、痛くてかなわない。

「痛いて。センセー、優しくして」

「黙れ」

「痛いて」

何度訴えても、岸尾は手を緩めてくれない。シャワーも全開にするものだから、勢いがありすぎて乳首に当たると少し痛かった。だが、これもプレイの一環だと思えば、悪くはないなんて思ってしまう。また変態な自分を見つけてしまい、真剣な表情で自分を洗ってくれる男を見ながら密かに心に誓った。

（黙っとこ……）

泡を流し終えた岸尾は、頭や胸元など楢崎の全身をクンクンと臭いを嗅いでチェックしたが、まだ納得できないらしく、もう一度やり直す。三度同じことを繰り返し、ようやく満足した岸尾は自分の手についた泡を洗い流した。

「よし、合格だ。湯船に浸かれ」

言われるまま湯船に入って、肩まで浸かる。少々乱暴だったが、岸尾に全身綺麗に洗ってもらうなんて贅沢《ぜいたく》かもしれないと思い、次第に気分がよくなってきた。乳首を責められる気分も味わうことができた。

「あ〜、天国や。先生に躰洗ってもろうて、王様にでもなった気分や」

そう言って岸尾を見ると、しゃがみ込んだまま項垂《うなだ》れている。どっぷりと疲れているようで、深いため息を零した。身を起こし、湯船の縁に両腕をかけて岸尾の顔を覗《のぞ》き込んで視線を躰に移す。

まくり上げたスラックスから伸びているふくらはぎは、男らしい筋肉が張り出していた。脛毛《すねげ》は濃すぎず薄すぎず。体毛が薄い楢崎からすると、羨《うらや》ましい限りだ。また、まくったワイシャツから出た腕も、准教授なんて仕事をしているとは思えないほどしっかりとした筋肉がついている。

スポーツ選手とまではいかないが、それでもスタイルは抜群だ。ただ瘦《や》せているだけの自分とは違うと、羨望《せんぼう》の眼差《まなざ》しを向けずにはいられない。

しかも、いつもきっちりとスーツを着込んでいる岸尾が、ネクタイを外して武装を解いているのだ。男の色香が、溢《あふ》れ出ている。

楢崎は腕に顎《あご》を乗せ、うっとりと岸尾のことを眺めていた。すると、項垂れていた岸尾が楢崎の視線に気づいてゆっくりと顔を上げる。

「なんだ？」

顔を上げた岸尾の表情に浮かんだ疲れも、男の色香を感じさせるものだった。

「言ってええ？」

「なんだよ」

ムッとした表情になった気がし、きっと言ったら怒られるだろうと思った楢崎は、心の中にしまっておくことにした。散々怒られた今は、言う気になれない。

「いや、やっぱやめるわ」

「なんだよ、気持ち悪いな」

「だって、言ったらお前怒る」

「怒らないから言ってみろ」

怒らないと言って怒るのが岸尾だ。そんなに非常識なことを言ったつもりはないのに怒られるなんてことは、日常茶飯事だ。しかし、言わなければそれはそれで怒られる気もした。

どうしようか悩み、どうせ怒られるならと思いきって言ってみることにする。

「実はな……俺、お前としたなってきた」

「——っ！　お、お前はこんな時に！」

顔をボクッと叩かれ、楢崎は涙目になって両手でそこを押さえながら抗議した。

「ほら、やっぱり怒ったやん」

「当たり前だ！　お前、今日俺がどんなに大変だったかわかってんのか？　部屋の掃除だけでも大ごとだったのに、お前まで洗ってやってクタクタなんだよ！」

岸尾がここまで感情的になって怒るのもめずらしいが、そんな顔もまたイイなんて思ってしまい目を細めて笑う。

「そこがええねん。疲れてるお前、色っぽい」

「……っ！」

「いっつもスーツをきっちり着込んで、『隙《すき》なんてありません』て顔してるお前が、そんな格好して疲れてるの見たら、男が疼《うず》くやん」

岸尾がグッと息を呑み込んだのがわかった。何か言おうとしているが、すぐに言葉にならないらしい。じっと待つ。

「馬鹿が……、お前、何誘ってるんだよ」

「だって……したなったたって言……っ、……ぅん……っ」

首の後ろに手を回されたかと思うと、乱暴に上を向かされて唇を奪われた。湯船の中は滑りやすくて体勢を崩すが、岸尾に腕を摑《つか》まれて支えられる。

「ん……、……ぅん、……んんっ」

目を閉じ、貪《むさぼ》られるまま身を委《ゆだ》ねた。

本当に怒っているのだろう。乱暴なキスだった。けれども、普段は冷静な岸尾の感情を剝《む》き出しにしたキスは、楢崎を深く酔わせる。こんなキスをしてくれるなら、毎日怒られてもいいとすら思った。

ようやく唇を解放された時には、楢崎の目許は赤く染まり、目はとろんとなっている。焦点が合わない。

「センセー……、反則や」

「何がだ」

「今ので、蕩けてもうた」

したくてしたくてたまらず、岸尾の首に腕を回して自分のほうへ引き寄せた。ワイシャツが濡れると怒られそうだが、それならそれで構わない。もう、我慢できなかった。

「センセー、して」

「何が『して』だ。お前は、こんな時に」

「して」

耳元で何度もせがむと、少しの沈黙ののち、不機嫌そうな声で囁《ささや》かれる。

「……部屋、戻るぞ」

「うん。しよ？」

ふらつく脚で立ち上がり、湯船の中から出ると、いったん岸尾が用意していたバスローブにくるまれる。そして、脱衣所でもう一度濃厚なキスを仕掛けられた。腰に腕を回され、力強く抱き締められながら交わされるそれに、すっかり骨抜きにされてしまう。

「……っ、センセー……、……ん、……センセ……」

キスとキスの間に何度もそう口にしたのは、それだけ強く欲しているからに違いない。

楢崎は、自分の中から次々溢れてくる浅ましい欲求を抑えることができなかった。

ベランダの樋《とい》が、カラカラと音を立てていた。

雨が当たっているのだろう。いつから降り出したんだと思いながら、楢崎は暗がりの中にうっすらと浮かぶ岸尾の姿に魅入《みい》られていた。見下ろされていると、ぞくぞくとしたものが背中を這い上がっていき、被虐的な気持ちが湧き上がる。

「……ぁ……っ」

二人は全裸になり、明かりを落とした部屋でお互いの姿を確認するように匂いを確かめ、感触、息遣い、肌に舌を這わせた時の汗の味まで五感を使って味わった。どれを取っても岸尾に他ならず、楢崎は悦《よろこ》びに濡れ、歓喜する。

「ぁ……、雨や……」

「お前が、来たから……だよ。お前、濡れ男だろうが」

「俺が……濡れてるのは、……ぁ……っ、センセーがいやらしいこと……するから、や……」

外の気温は肌寒いくらい下がっているのに、部屋の中は暑くてたまらなかった。肌はしっとりと濡れ、手で岸尾の躰を撫《な》でると背中は伝って落ちるほど汗が滲《にじ》んでいる。手のひらでその様子を味わい、乱暴に自分の躰を愛撫する岸尾に身を捧げた。

「……はぁ……、……ぁ、……暑い」

無意識に漏れた言葉を聞いた岸尾が、エアコンの温度を下げようとリモコンに手を伸ばそうとしたが、楢崎はそれを制した。岸尾の目を見つめ、乞《こ》うように訴える。

「待って、このままでええ」

「暑いんだろう?」

「このまま、汗だくで……した、い、……もっと、……濡れたい」

「お前は……っ」

何が岸尾を怒らせたのか、いきなり乱暴な愛撫で楢崎を翻弄《ほんろう》し始める。

「んぁっ、痛……っ、……センセ、……センセー……、乱暴、したら……あかんて」

手で岸尾を制そうとするが、指に噛みつかれてビクンと躰が跳ねた。痛みなのか快感なのか、よくわからない。ただ、もっと噛んで欲しいという欲求だけが加速していき、自分を抑えられなくなっていった。

「はぁ……、センセー、……そこ……あかん……、……そこ……、気持ち、……よくて……」

「誘ってるのか」

岸尾は楢崎の指に歯を立てたまま、さらに舌で指の間を舐《な》め回した。手はぞくぞくとした快感に包まれ、それは腕を這うようにして肘《ひじ》のほうまで広がっていく。

「ぁあ、……あ、……はぁあ……、ぁ……」

野獣と化した岸尾に喰われていると、自分を見失ってしまいそうで怖かった。だが同時に、自分を見失ってしまうほど、どっぷりとこの淫蕩《いんとう》な行為に酔いしれてみたいとも思う。

「センセー、そこ……、……あかんて、……そこ、……あかん」

どうにかなってしまいそうで、楢崎は何度も訴えた。すると、岸尾はますます調子づき、腕を摑んで手首の内側に舌を這わせる。

「ぁあっ、……お前、……そんな……こと、……っ」

「ここが……感じるのか？」

腕から肘にかけてべろりと舐められ、甘い戦慄《せんりつ》に震えながら吐息を漏らした。息があがってどうしようもなく、泣きたくなるほどの快感に戸惑う。

（……な、なんや、これ……、なんや……）

身悶《もだ》え、眩暈を覚えながらも注がれる愉悦を貪欲《どんよく》に貪っていた。こんなに深く、サディスティックに愛されているというのに、楢崎の奥にはまだ足りないと訴える獣がいる。もっと寄越せと、すべてを欲しがっているのだ。

どこまで欲深い自分を目《ま》の当たりにすることになるのかと怖くなるが、岸尾の手によって引きずり出されてそれを見てみたいとも思った。そして、岸尾にだけ見て欲しいとも……。

「今日は大変だったんだからな」

「わかって、る……センセーの好きに……して、ええ」

「当然だ」

愛撫が首筋へと移っていき、より深い愉悦の淵《ふち》へと引きずり込まれていった。溺《おぼ》れ、二度と這い上がれないところまで身を沈めていく。

岸尾となら、どこまでも堕《お》ちていい。

「はぁ、……ぁ、あ……、ぁあっ、あっ、センセー」

胸の飾りが、ここも愛撫してくれと疼き出す。まだ触れられてもいないのに、待てなくて、自らせがんでいる。なんていやらしい躰になってしまったんだと思いながらも、こうなったのは岸尾のせいだと自分を好き放題弄《いじ》り回す男が憎らしくなり、想いは募った。

（センセーやから、……許してんの……、わかってんのか……？）

身をくねらせ、噛んで欲しいところを突き出すように身を反り返らせた。上気した肌の上でツンと尖ったそれに舌先が触れると、びくんと躰が跳ねる。

「――はぁ……っ！　ぁあっ、……んぁ、あ、あっ」

待ち焦がれていた愛撫《あいぶ》に、掠《かす》れた声を漏らさずにはいられなかった。ねっとりと絡みつく舌に、狂わされる。あまりの快感に涙が溢れ、それは目尻からこめかみのほうへ伝っていった。

「んぁあ、あ、……はぁ……っ、……んぁあ……ぁ……、あ、んぁあ……」

丹念に、そしてじれったく愛してくれる岸尾の髪の毛を指で梳《す》くように掻《か》き回す。もどかしさに狂わされていくのを自覚しながら、次第に強くなる刺激に胸の突起はより赤く色づいていった。

敏感になったそこは、男のものとは思えないほど充血し、尖っている。舌先で押し潰《つぶ》され、こねくり回され、散々蹂躙《じゅうりん》されて乳輪の部分もぷっくりと膨れていた。

だが、女のそれとも違い、岸尾の愛撫によって形を変えたそれはあまりに卑猥《ひわい》だった。

「待ってろ」

岸尾はそう言うと身を起こし、いったんベッドを降りてから何かを手に戻ってきた。再びベッドに上がると、マットが少し沈む。持ってきたのは、軟膏《なんこう》のチューブのようだ。

「何……すんねん」

楢崎の問いには答えず、岸尾は舌先をチラリと覗かせた。そんな目で見下ろされたら、なんでもしてくれて構わないという気持ちになってくる。

「や……、待て……、……待てって」

足首を肩にかけられて、膝《ひざ》を開かされる。露《あらわ》になった蕾に、軟膏を塗った指で触れられた。

「ぁあっ」

それは容赦なく楢崎の中に入ってきて、またすぐに出て行く。いきなりのことに、楢崎は戸惑いを覚えずにはいられない。

「ぁあっ、はぁ……、待てて……言うてんのに……っ、……ぁ！」

必死で岸尾の腕を摑んでやめさせようとするが、与えられる快感のせいか腕に力なんて入らず、握っているだけだ。それをいいことに、岸尾の指はますます傍若無人な振る舞いを始めた。

ゆっくりと、だが指のつけ根までしっかりと挿入され、中をこすられる。

まだ冷静さを残す岸尾の視線に、身も心も次第に熱くなっていった。冷静に蕾をほぐしていく岸尾の前で、自分だけ乱れているのを見られるのが、楢崎の感度をよりよくしていると言っていいのかもしれない。羞恥《しゅうち》が楢崎を狂わせる。

「セ、センセー……」

「イイか?」

「はぁ……っ、なんで……そんなに……っ、……ぁ」

「お前が、感じてるからだろう」

「いけず……」

そう言いながらも、もっとひどく責めて欲しいと思った。相手が岸尾なら、どんな求めにも応じてしまうだろう。見も心も蕩けるようなクールな視線で、もっと翻弄して欲しい。

己のはしたなさに身を焦がされるのは、岸尾の視線があるからに違いない。

「指、増やすぞ」

「ぁあっ!」

増やされた二本の指はあっさりと奥まで入ってきて、散々弄られた蕾をよりもどかしく責め立ててくる。襞《ひだ》を押し広げるように掻き回され、楢崎は高みに向かう自分をどうすることもできなかった。

「ぅ……っく、……待てって……、そんなん……、拡《ひろ》げんな」

「拡げて欲しいんじゃないのか?」

「お前、……そんなふうに……、見る、なて……、……ぁあっ」

泣きたくなるほど下半身が疼き、息をするのもやっとだ。

「も……あかん、……出そうや……」

指は挿入したまま、奥にある快感のポイントを連続で刺激される。声を出すまいとしても、唇の間から次々と漏れる嬌声《きょうせい》は紛れもなく楢崎の本音で、限界はすぐそこまで近づいていることを証明している。

「ぁあ、あ、あ、センセー……、センセ、……あかん、出る……、も……出る……っ」

容赦なく奥を刺激され、頭の中はぐちゃぐちゃだった。自分が何を口走っているのかすらわからない。とんでもなく卑猥なことを求めてしまいそうだ。

「いいぞ、出せ」

「あかん……、俺だけ……あかんて……、……ぁあ、あ、……ぁあっ！」

ビクビクっと全身がわななき、楢崎は自分の腹の上に白濁を放っていた。小刻みに震えながら、少しずつ息を整えていく。

自分をずっと見下ろしている岸尾の視線に、羞恥を覚えずにはいられない。

「センセー、何……見て……」

言い終わらないうちに、岸尾は腹の上に顔を近づけると、なんの躊躇《ちゅうちょ》もなく楢崎が放ったものを舐め摂った。舌が這わされるたびに躰がびくんと反応するのを必死で抑え、最後まで全部舐め摂られる。

そして、今度はうつ伏せになるよう命令された。

「尻を上げろ。猫みたく、腰を反り返らせて、もっと尻を突き出せ」

言われるまま猫のような格好になって、岸尾を振り返った。

「センセー……、実は……S、やろ」

「お前がドMなんだよ」

「はぁ……っ！」

ほんの今まで指で嬲《なぶ》られていたそこにあてがわれ、じわじわと引き裂かれる。一気に貫かれるのではなく、まるで探るように侵入してくる岸尾のそれに、夢中になるほかない。

（あ、すご……い、……センセー、……すごく……大き、なってる……）

自分の中に深々と収められた岸尾の屹立《きつりつ》に、楢崎は感動にも似た想いを抱いた。

熱くて、硬くて、雄々しくて、はしたなく締めつけずにはいられない。貪欲すぎる己の肉体に戸惑いながらも、より深く岸尾を感じたくて尻を突き出してしまう。そんな楢崎の気持ちを見抜いているように、岸尾の腰の動きはゆっくりで、もどかしさに身を焦がされた。

欲しい、欲しい、と訴える獣が間違いなく自分の中にいる。それはじれったい岸尾の愛し方のおかげで、表へと引きずり出されている。

「はぁ……っ、……ぅ……っく、……くぅ……っ」

雨の音が、ひときわ大きくなった。

岸尾に後ろからやんわりと突かれながら、窓の外から聞こえるそれに耳を傾ける。同じリズムで降り注ぐ雨の音に包まれていると、よりこの行為を深く感じられた。まるで、この世に岸尾と自分しかいないような感覚に見舞われるのだ。

誰もいない。自分と岸尾だけが、この世界に生きる者のように感じる。

言い知れぬ悦びに包まれながら、身も心も岸尾の存在でいっぱいにした。

「はぁ、……ぁあっ、あ、……ぁあ」

「雨……強く、なったな」

欲望を抑え、自分をコントロールしようとする岸尾の欲情に掠れた声が、熱い吐息とともに漏らされる。

「お前が感じると、雨が……強くなる」

何を言いたいのかわからないが、それを考える余裕もない。繋《つな》がった部分が、より深く岸尾を呑み込み、喰《く》い締めていた。これほど深く岸尾を求めているのかと、我ながら驚くほどに……。

「お前といると、雨が降る……」

「ぁ……っく、……んぁ、……はぁ……っ、あぁ」

「俺がこんなになるのは、お前だけだ」

「センセー、……ぁ……っ、センセー」

「俺が、こんなに……夢中になるのは、……お前だけだよ」

嬉しかった。

自分だけではなく、岸尾もまた自分を深く欲しているのかと思うと、それだけで胸が熱いもので満たされていく。

「すまん……、も……、俺も……限界だ」

「俺も……、……俺も……また……っ、……キ……そう、や……」

尻をきつく摑まれ、徐々に激しく躰を揺さぶられながら二度目の高みに向かった。

「ぁあっ、……あ、……ぁあっ、んぁ！」

容赦ない抽挿《ちゅうそう》に耐えるようにシーツに顔を埋《うず》め、縋《すが》りつく。微《かす》かに軋《きし》むベッドの音にまで犯されているような被虐的な気分になり、深く濃厚な愉悦の味に溺れた。自分を見失ってしまいそうだ。

「んぁ、あ、……っく、ごめ……、……も……、あかん……、も……」

「もう少し、我慢しろ。一緒に、イクから……」

「早く、……センセー、早く、……ぁ、あっ、んぁっ、あ、あ、――ぁぁあああ……っ！」

「――っく！」

楢崎が白濁を放つと、小さな呻《うめ》き声とともに岸尾の屹立が楢崎の中で激しく震えた。中を濡らされた悦びに打ち震える躰に、岸尾がゆっくりと体重を預けてくる。

熱いため息を耳元で聞かされた楢崎は、脱力したまま、傍に置かれた岸尾の手を取り、無意識に唇を押し当てた。


「……死ぬかと思た」

思わず漏らした本音が、雨が止んで静まり返った部屋の中に静かに漏れた。先ほどからシーツのシワをぼんやりと眺め、放心している。

散々楢崎を突き上げた獣は、満足げにベッドに座って水を飲んでいた。肩に手を置かれ、ぼんやりと振り向くと口移しで水を飲まされる。唇の間から漏れたそれが、首筋まで伝って落ちた。

「まだいるか？」

「もう、ええ」

そう言うと、岸尾はサイドテーブルにコップを置いて、背中から楢崎を抱き締めてきた。いつも不機嫌そうな准教授様がこんな真似をするなんて少し驚きで、身を委《ゆだ》ねて行為のあとの余韻に浸る。

「幸せすぎて死ぬって本当かもな」

「死ぬほど幸せなのか？」

「ん〜、多分」

「なんだそれは」

後頭部に顔を埋められ、髪の毛の匂いを嗅がれる。

「まだ臭い？」

「アホか。散々洗っただろう。これはイチャイチャしてるんだよ」

岸尾の口から『イチャイチャ』なんて言葉が出てくるのがおかしくて、少しだけ笑った。

「しばらくここに泊まれ」

「ええんか？」

「あの部屋、まだ臭いだろう。寝起きできるくらい臭い取ってから帰れ。俺もできるだけ手伝うけど、会社の帰りに掃除してくるんだぞ」

「……わかった」

あの強烈な匂いはいつになったら取れるのだろう——そう思いながらも、岸尾の部屋にお世話になれるのなら、居候もいいかなんて思ってしまう。

「お前はな、ぼんやりしすぎだ。あんな危険な缶詰を説明書も読まずに開けるなんて、信じられん。臭すぎるから開ける時は屋外でって書いてあったんだぞ」

「そうか。でも、危険な缶詰て思わんかったんや」

「もう、二度とするなよ」

「わかってるて」

「そう言ってまた何かしでかすんだよな、お前って奴は」

めくるめく官能の海に散々身を沈めたあとで聞かされる小言は、なぜか心地よかった。岸尾の声は、聞いていて安心する。セックスの最中は昂《たかぶ》らせるものでしかないが、こうして行為が終わり、二人で会話を交わしていると、鎮静剤のように作用するのだ。

(声まで男前なんて、罪な男や……)

ぼんやりと考え、自分を抱き締める腕に唇を押し当てる。そして、躰を反転させた楢崎は、うっすらと目を開けて岸尾を見た。セックスのあとの岸尾は、ラフなオールバックが崩れていて、完全に武装を解いた獣に心が蕩けた。

なんてイイ男なんだろうと思う。

この男が、自分を好きだというのだから世の中わからない。

「センセー、やっぱり……格好ええな。……俺、……メロメロや」

深く考えもせず、思ったことを口にすると岸尾は身を起こして楢崎に伸《の》し掛《か》かってくる。それを受け止め、視線を合わせて聞いた。

「また……するんか？」

「お前が誘ったんだろうが」

「誘ってなんか……、……ぁ……っ！」

抵抗する間もなく、あっという間にさらわれる。首筋を愛撫され、甘い声を漏らしながら自分の本音を吐露した。

「でも、野獣みたいなセンセー……、好きや……、……ぁ」

これ以上深い愉悦があるのかと思いながらも、楢崎は深淵《しんえん》の中へと沈んでいくのだった。


めずらしく一日の仕事を定時で終えると、楢崎はデスクの上を片づけてからブリーフケースを手にした。

「お疲れさんで～す」

会社に残っている人間に挨拶《あいさつ》をし、オフィスをあとにする。向かうのは岸尾の部屋ではなく、自分のマンションだ。あれから一週間が経ったが臭いがまだ取れないため、いまだ岸尾の部屋から通勤しているのだが、外で夕飯を摂ってから部屋を掃除し、それから岸尾のマンションへと向かう日々が続いている。岸尾のマンションからだと通勤時間は少し長くなるとはいえ、二人暮らしを始めた気分が味わえるこの生活は悪くなかった。

自分の部屋はあのまま開かずの間にして、岸尾の部屋に住み着きたい気分だ。

(今日はセンセーと一緒に飯喰おうかな)

腕時計で時間を確認し、よく夕飯を食べる店の前を素通りした。そしていつもの電車に揺られ、駅の改札を潜《くぐ》るとマンションへと歩いていく。昨夜の雨のおかげで今日は一日寒かった。雪の季節までもう少しあるが、寒さが日に日に厳しくなっているのは明らかだ。

白い息を吐きながら歩き、マンションに着くと郵便物を確認する。こんな日は鍋《なべ》がいいと思いながら、岸尾のマンションへ行く途中で食材を買い込もうと勝手に決めた。そして、どうせ鍋をするなら香澄も呼ぼうと、エレベーターは使わず非常階段を上りながら電話を入れる。

「香澄か~?」

『あ、楢崎ちゃ~ん』

「岸尾センセーんとこで鍋しよう思ってんねん。香澄もどう?」

『行きたい行きたい! 丁度仕事休みだったの! でもあの先生、缶詰の件で絶対あたしのこと恨んでると思うわ。また説教されるに決まってる!』

「気にせんでいい。どうせあいつはいつも怒ってるんや。聞き流しとけばええねん」

香澄は初めから来る気満々だったようで、得意の鍋があると言って食材の調達を買って出た。みんなで食事をするのは久し振りで、心が浮き立つ。

部屋の鍵を取り出して廊下を歩いていると、自分の部屋の前に男が立っているのに気づいた。

身長も体格も楢崎と同じくらいだろうか。栗《くり》色の髪の毛は少し長めで、軽くウェーブがかかっている。コートのポケットに両手を入れたまま、微動だにせず楢崎の部屋のドアをじっと見ていた。セールスの類《たぐい》かと思ったが、その横顔には見覚えがある。

そう思った瞬間、男が楢崎のほうを向いた。

「楢崎……？」

「もしかして、一条《いちじょう》か？」

「楢崎っ！」

男の名前は一条要《かなめ》。もう何年も会ってないが、記憶の中にはフルネームがちゃんと刻まれていた。久し振りに会えて嬉しくなり、すぐに駆け寄る。

「元気しとったか？　久し振りやな」

「ああ、元気だよ。お前も元気そうだな。ずっとチャイム鳴らしてたんだけど、出てこないから今日はもう帰ってこないかと思った」

「そら悪かったな。寒かったやろ？」

「お前の顔を見たら、寒さなんて吹っ飛んだ」

嬉しいことを言ってくれる――楢崎は、目を細めて笑った。

一条は、楢崎の同級生だ。小学五年生の時に同じクラスになったのが始まりだ。誰かを苛《いじ》めるなんて考え気が弱くてクラスではよく苛められていたが、なんせ楢崎のこの性格だ。誰かを苛めるなんて考えはまったくなく、他のクラスメイトに対するのと同じようにつき合った。特に庇《かば》ったつもりもなかったが、結果的に誰もが無視して苛める一条を楢崎が守る形になった。

友達のいなかった一条にとって、楢崎が大事な存在になったのは言うまでもない。

中学に上がるのと同時に楢崎が大阪《おおさか》に引っ越し、関係は途絶《とだ》えたように見えたが、中学に上がると楢崎という存在を失った一条へのイジメはひどくなる一方で、一時は不登校になったと聞いている。

そんな時、久し振りに一条と連絡を取った楢崎が、なんとはなしに「お前も大阪に来ればいい」と言ったのが、関係を継続させるきっかけになった。

子供だったし、さして深く考えもせずに言ったのだったが、一条の母親にとってそれがどんなに救いになったかと、あとで何度聞かされたことか。

楢崎のひとことに縋るように、彼女は部屋に籠《こ》もって出てこなくなった息子を連れて大阪に引っ越したのだ。そして、中学一年の二学期に楢崎と同じ中学に編入した。編入したあとも一条を苛める悪ガキはいたが、楢崎がいたおかげで不登校になるほどのひどいイジメは起こっていない。

地獄のようだった――楢崎が転校したあとの学校生活をそう零していた一条にとって、ごく一部の生徒にちょっかいを出されるくらいは耐えられるものだったのだろう。

だが、一条の兄と父親はもともと住んでいた家に住み続けたため、家族はバラバラだった。兄の世話は祖母が同居することで解決したというが、いつまでも家族を犠牲にするわけにはいかない。

しかも楢崎を頼るばかりでは自立できないと、両親の判断で高校は通信教育にし、もともと住んでいた家に帰っていった。中学を卒業する時、一条には一緒に逃げてくれと泣きつかれたが、心を鬼にして「それはできない」と突っぱねた。

結局、進学した高校も教えず、もちろん大学に入っても連絡を取ることはなく、関係はぷっつりと絶たれたのである。

「どうして俺の住所知ってるんや？」

「同窓会でお前の住所を知ってる奴から聞いたんだよ」

「そうか」

最近同窓会をしたなんて聞いていなかったが、最近のことではないのかもしれない。大人になった今は隠す必要もないかと、特に気にすることもなく、それ以上聞かなかった。

「それより、部屋入れてくれないのか？」

「ああ、いいけど……俺の部屋、入らんほうがええかも」

「どうして？」

「まぁ……いろいろあってな。臭いんや」

口で説明するより実際に入ってもらったほうがいいだろうと、ドアを開けて中に招き入れる。掃除は随分進んだが、一条は一歩入ったところで「う」と呻き、眉間《みけん》にシワを寄せた。

楢崎はもう慣れたが、やはりまだ相当な臭いを放っているのだろう。

「何この匂い」

「シュールなんとかの缶詰や。開けたら部屋じゅうに汁飛んでしもうた」

「何それ？」

「ニシンの缶詰なんやけどな、加熱せんまま缶につめ込むらしくて、つめたあとも発酵が進んですごい匂いになるんや。くさやの六倍やて。世界で一番臭いゲテモノや。缶切りの歯ぁちょっと差しただけで、噴水みたく飛び出てきてな」

　楢崎の説明を聞いた一条は、その場面を思い描いたようで顔をしかめてみせる。

「じゃ、じゃあ……部屋を出ようか？」

「そやな。飯一緒に喰お。今な、こんな状態やからセンセーんとこ居候してんねん。お前に紹介したる」

「先生？」

「そや。センセーや」

　楢崎は、香澄に一人増えると連絡してから一条とともに岸尾のマンションへ向かった。タクシーで移動すると、岸尾のマンションの前で両手に買い物袋を抱えた香澄が待っている。

「楢崎ちゃ～ん」

「こんばんは」

　一条は、軽く頭を下げただけだった。相変わらず人見知りのようで、それ以上の会話を試みることはしない。

「さっき言うてた俺の友達や」

「香澄です。よろしく～」

「香澄はニューハーフなんや。下の工事も終わってる」

「きゃ～っ、いきなり言わなくてもいいじゃないの！　あ、でも見たいなら見せてあげてもいいわよ

〜。あたしのナイスバディ」

　強烈な香澄のキャラに一条は戸惑っているようだったが、構わず岸尾の部屋に上がり込んで夕飯の準備を始めた。スーツの上着を脱いでワイシャツの袖をまくり、香澄の指示通り、風呂場に行って一条と二人で白菜などの食材を洗う。

「レンコン洗った？」

「洗った」

「じゃあ、楢崎ちゃんはレンコン半分すりおろして。あんたはこっち。みじん切りできる？」

　野菜を洗い終えたあとはキッチンに戻り、言われるまま渡されたおろしがねでレンコンをすりおろしていく。香澄と一条は、残ったレンコンをみじん切りだ。それが終わると、ミンチに卵と二種類のレンコンを入れ、ショウガと塩コショウで味つけして練っていく。

「旨《うま》そうやな」

「香澄ちゃん鍋よ。この鶏《とり》のつくねに入れた二種類のレンコンがいいのよ〜。これで何人の男を落としたことか」

　ニューハーフといえど、エプロンをつけた香澄の姿はまさに可愛い奥さんだ。尽くすタイプなのも知っているため、どうして香澄が惚れた男はいつも香澄を裏切るのだろうと不思議に思う。

　それから三十分ほど経っただろうか。鍋の準備もできた頃、部屋の主が帰ってきた。相変わらずスーツの似合うオールバックの男前は、キャンプ場のように騒がしいキッチンを覗いて冷めた口調で言う。

「ただいま。……なんだ、これは」

「香澄ちゃん鍋や」

香澄の代わりに答えてやると、疑いの眼差しで鍋の中を覗いた。文句あるのかと挑戦的な目つきをしている香澄を見るなり、眉間に深いシワを寄せる。

「それより香澄。お前な、よくそんなにしれっと俺の前に姿を見せられたな」

シュールストレミングの恨みだろう。岸尾は難しい顔で香澄につめ寄った。だが、一週間経った今、彼女にそんなことを言っても無駄だ。なんでも三日でチャラにしてしまうようなあっけらかんとした性格なのだ。

男にふられたのを苦に自殺をしようとしてとめられ、その三十分後には楢崎とともに浴びるように酒を飲んで上機嫌になる女だということを忘れてはならない。

思っていた通り、香澄はさして反省の色を見せずそっぽを向く。

「そんなに怖い顔しなくったっていいじゃな〜い。しつこい男ね」

「反省すらしてないのか、お前は」

「そもそもね、あたしは説明書を読んでって言ったのよ。それなのに楢崎ちゃんが先走るから」

「それは本当や。香澄のせいやない」

「ほらー」

腰に手を当てて威張って見せる香澄に、岸尾はこれ以上何を言っても無駄だと悟ったようでため息をついた。そして、一条に目をやる。

「あ。一条といいます。すみません、突然お邪魔して」

「いや、三人も四人も変わらないですから、お気を遣わず」

そう言われても、岸尾のような無愛想な男が部屋の主だったら気の弱い一条は気を遣わずにはいられないだろう。

「愛想悪いけど、センセーは俺の大学の頃からの友達や」

「俺は小学生の頃からの友人です」

一条が手を伸ばして握手を求めるが、気づかなかったのか岸尾はそれに応じずに、マフラーを取ってコートを脱ぎ始めた。

「まぁまぁ。挨拶はそのくらいにして、鍋食べよ？　センセーも荷物あっち置いてすぐ座り」

急《せ》かし、ちゃぶ台の前に座って鍋を囲んだ。ぐつぐつと煮える鍋は昆布で出汁《だし》を取ったスープに香澄特製のレンコン入り鶏つくねや豚肉、野菜やキノコ類が豊富に入っており、いい匂いが漂っている。

岸尾が手を洗ってちゃぶ台につくと、ビールを開けて遅めの夕食を始めた。

「いただきま～す」

「えーっと……」

ポン酢に柚子《ゆず》コショウを混ぜたタレで食べるシンプルなものだが、鶏に入れた二種類のレンコンがいい仕事をしていた。さくさくとした食感と風味が鶏肉と混ざって、一風変わったつくねになっている。また、白菜はトロトロで、さっと火を通しただけの春菊も肉の脂を纏《まと》うと極上の料理になっていた。

「あ、豚肉のほうはごまだれで食べてね。ここのごまだれ美味《おい》しいんだ～」

香澄はお母さんのように、白菜などの野菜を足しながら食べている。ご飯のお代わりを自分でよそいに行こうと立ち上がると、サッと手を出して茶碗を受け取るところなど、完全な女だ。普段が滅茶苦茶なだけに、こんな一面もあったのかと驚きを隠せない。岸尾も同じらしく、よく働く香澄を意外そうな顔で見ていた。

「ところで、一条さんは大阪弁じゃないんですね」

「はい」

「こいつは中学の二年半しかおらんかったからな」

「楢崎ちゃんは六年間だっけ？　まだ抜けないの？」

「俺、大阪弁合ってんねん。会社でも半分は大阪担当やしな」

「そうなのか？」

「もともと大阪やないけど、大阪好きや言うたらみんなガード緩くなる」

「へぇ、大阪人ってエセ大阪弁にうるさいと思ってたけどな」

一条はたわいもない会話にさらりと加わることができず、なかなか会話が続かないが、気を遣ってか岸尾が何度も話しかける。

「一条さん、お仕事は？」

「一応……作家です」

「えー、あなたも先生なの？　この無愛想な男は大学教授よ」

「人を指差すな。それに教授じゃなくて准教授だよ」

「作家さんになったんか。すごいやん」

一条が作家になっていたなんて、知らなかった。そんなに有名じゃないと謙遜《けんそん》されたが、驚いたことにペンネームを聞くと、『楢崎かなめ』だという。

「お前、俺に嫁ぎたかったんか」

思わず突っ込んでしまうのは、大阪に住んでいたこととは関係ないだろう。香澄も指摘せずにはいられないようで、鶏つくねを頬張《ほおば》ったまま一条のほうに身を乗り出す。

「どうして楢崎ちゃんと同じ苗字《みょうじ》にしたの？」

「身近にあった名前というか……。本名を全部出すのはなんだか抵抗があったから、つい借りてしまって。実は俺、苛められっ子で楢崎によく庇ってもらってたんです。だから、いつも頼りにしていた楢崎の名前がよかったのかも。勝手に使ってごめんな」

「『楢崎かなめ』って知ってますよ。何冊か読んだことがあります。ちょっと猟奇的だったけど、人間の内面のドロドロした部分なんかが描かれていて、上質のエンターテイメントでした」

「ありがとうございます。大学の先生に褒《ほ》められるなんて、嬉しいです」

岸尾や香澄の存在に戸惑いながらも、なんとか会話を続けているのを見て、微笑《ほほえ》ましくなった。もう立派な大人だ。しかも、作家として頑張っているとなると、俄然《がぜん》、応援したくなる。

（昔は俺のあとついて回っとったのに、先生か。すごいなぁ）

子供に巣立たれた親の気分が、ほんの少しだけわかる気がした。

男三人とニューハーフ一人ということもあってか、『香澄ちゃん鍋』はすぐになくなり、具材を入れていた大皿はすっかり空っぽになった。最後は、もちろん雑炊だ。冷ご飯を投入して味が染みたところで、卵を入れてふんわりとひと煮立ちさせ、小口ネギを入れて仕上げる。いろいろな食材の出汁が出たスープで作る雑炊も、あっという間になくなった。

「あ〜、おなかいっぱ〜い」

ご飯も全部なくなると、香澄は両手を広げ、後ろに倒れてゴロンと寝そべった。それを見た岸尾が、いかにも不機嫌そうに顔をしかめて言う。

「おい、香澄。そこで寝るな」

「あら〜、いいじゃない。ガミガミうるさい先生ね」

「ガミガミじゃない。ったく、お前一応女だろう」

「ニューハーフでぇぇぇぇぇ〜〜〜〜す」

当てつけにわざと野太い男の声を出す香澄に、思わず笑った。満足そうに腹をさする姿は、完全なオヤジだ。

先ほどまでかいがいしく男どもの世話をしていた大和撫子《やまとなでしこ》の姿は、どこにもない。

めずらしく、シンクの中には大量の食器が積み上げられていた。

二人が帰ったあと、楢崎は岸尾と洗い物に精を出していた。先に二人に帰ってもらったのはキッチンに四人もいると作業効率が悪いからだ。その代わりに、香澄を送り届けるよう一条に頼んでいる。

「『香澄ちゃん鍋』、旨かったな～」

「あいつはあんなだが、『香澄ちゃん鍋』だけは評価できる。それよりお前、灰皿を一緒にするなって。よけておいたのに」

なぜ灰皿が洗い物の中に混じっているかというと、タレが二種類だったため食器が足りずに、楢崎が使ったからだった。岸尾はやめろと言ったが、汚部屋住人の楢崎にはなんの抵抗もない。

「いいやん。別にこんくらい」

「駄目だ。お前の衛生観念はわからん」

「なんでー？　風呂は毎日入ってるのに」

「なんでも喰うだろうが。生の昆虫とか、蛆の湧いたチーズとか」

「まぁ、言われてみればそうやな」

タバコを咥《くわ》えた楢崎は、岸尾が洗った食器を隣で拭き上げていく。

食後のコーヒーも美味しくて、鼻歌でも口にしたいほど夕飯は満足しているが、なぜか岸尾のほうはそうでないようだ。いつもと少し態度が違う。

もしかしたらキッチンでタバコを吸っていることに文句があるのかと思ったが、それならすぐに奪って火を消しているはずだ。汚部屋住人の楢崎をいつもガミガミ叱っている岸尾が、黙ったまま楢崎が気づくのを待つなんて、らしくない。

「センセー、なんか機嫌悪ない？」

顔を覗き込むと、自分の勘が間違っていなかったとわかる。何か言いたげな視線を楢崎に向け、そして目を逸《そ》らす。言おうか言うまいか迷っているような素振りを見せ、そして不機嫌そうにポツリと零した。

「あの一条って奴、気に入らねぇな。あんまり深くつき合うな」

「え……？」

楢崎は、食器を拭く手をとめた。岸尾が言っていることの意味がよくわからない。

「なんや、お前。一条のこと好かんの？」

「だから気に入らないんだよ」

「嫉妬《しっと》か？」

「アホか。そんなんじゃない。俺がそんな器の小さい男だと思ってるのか？」

「じゃあ、なんでそんなこと……」

聞くが、言いたくないのか上手《うま》く説明できないのか、岸尾は押し黙ったまま黙々と食器を洗い続けている。何を怒っているのか知りたくて、岸尾がここに帰ってきてからのことを思い返すが、思い当たることがない。

こんな岸尾はめずらしく、楢崎は無視できないものを感じた。

「なぁ、なんでそういうこと言うねん」

「やっぱりいい。撤回する。忘れろ」

「忘れろて、なんやそれ。気になること言うておいて、忘れろはないやろ」

「悪かったよ。いいから忘れろ」

これ以上この話をするつもりはないといった態度に、もう何も言う気にはなれず、食器を拭く手を再び動かし始める。ほんの今まで、みんなで鍋をして楢崎は上機嫌だったのだ。二人で食器を洗うのも楽しかった。

だが、岸尾はそうではなかったのかとわかり、落胆する。

楢崎は、悲しくなった。

一条は難しい性格をしているためか、昔からイジメの対象だった。だが、悪い男ではないと思っている。クラスメイトが一条を嫌うわけがあまりよくわからなかった楢崎にとって、理由も言わずに「深くつき合うな」なんて言う岸尾の態度は、好きな相手だけに納得できなかった。

そんなことを言う男だとは思いたくないのだ。理想の押しつけだと言われればそれまでだが、恋人である岸尾が自分と違う価値観を持っているような気がして、寂しい。そして、理由を言えないのに誰かとの友達づき合いを否定するなんて、間違っている。

そんなことを考えているうちに言わずにはいられなくなり、一度終わらせた会話を蒸し返してしまう。

「俺、お前がそういうこと言うの、聞きたない」

自分の声が思いのほか不機嫌だったのがわかったが、言ってしまったことは取り戻せない。そして、楢崎以上に不機嫌になった岸尾が冷たい目を向けてくる。

「なんだ。お前、あいつの肩持つのか？」

「そんなん違うて。みんなで仲良くやればいいやん」

「俺は仲良くできそうにない。仲良くしたけりゃお前だけ仲良くしろ」

冷たく言い放たれ、さすがの楢崎もたじろがずにはいられなかった。単なる嫉妬かと思いきや、それだけではない何かを感じる。難しい顔は、ただ感情だけでものを言っているとは思えない。

（俺だって、そのくらいわかるわ）

このまま話を終わらせるのはいけない気がして、洗ったばかりの灰皿にタバコを押しつけて火を消すと、岸尾の腕を掴んで自分のほうを向かせる。

「なぁ、そんなん嫌やから、ちゃんと説明してくれ」

「説明したら納得するのか？　じゃあ言ってやる」

明らかにやけくそといった態度が、目に見えてわかった。

「あいつは危険だ。だから深くつき合うなって言ってるんだよ」

「なんで危険やねん」

「俺にはわかるんだ。大体な、いきなりお前を訪ねてくるなんて、おかしいと思わないか？　もうずっと連絡してなかったんだろう？」

「そうやけど……」

「連絡してないのに、どうやってお前のマンションを突き止めたんだ？」

「同窓会で俺の住所知ってる奴に聞いたって」

「イジメられっ子が同窓会ね……」

鼻で嗤《わら》う岸尾にムッとした。

だが、確かに岸尾の言っていることも一理ある。楢崎も一条から同窓会と聞いた時、少し変だと思ったのだ。最近、そんな連絡はなかった。何年か前の同窓会だったのかもしれないと、その時は自分を納得させたが、案内くらいは来てもおかしくない。

特に楢崎は誰とでも仲良くしてきたため、その手の誘いはよく来るほうだ。

大阪にいた頃の友達も、なかなか来られないとわかっていてもわざわざ電話をくれる。小学生の頃の同級生にいたっては、仕事があると言っても何度も来いと喰い下がるくらいだ。

「本当に同窓会なんてあったのか？」

「あったって言うからあったんやろ」

「いつの同窓会だよ」

「聞いてない」

絶対怒るぞ……、と思いながら本当のことを言うと、予想通りの反応が返ってくる。

「聞いてないのか！」

「怒鳴るなって」

「案内はっ？」

「……来てない」

「なんだそれは」

いい加減岸尾の理性もギリギリのようで、声に含まれる怒気がますます大きくなった。必死で感情を抑えようとしているが、それができないでいるのがよくわかる。

「お前な、一回確かめたほうがいいぞ。いつの同窓会に出たか聞いて、それから本当にあいつが同窓会に行ってお前の住んでる場所を聞いたのか相手の奴に確かめろ。大体、今の時代、同級生に聞かれたからって住所を簡単に教えると思うか？」

「教えたから、あいつは俺んとこ来たんやろ」

楢崎の言葉に、岸尾は馬鹿馬鹿しいと言いたげにハッと鼻を鳴らした。何も二度も鼻で嗤うことはないだろうと思うが、反論する言葉が見当たらない。

「同窓会なんて嘘《うそ》に決まってる。どうやってお前の住所調べたか言えないような奴が、何考えるか想像してみろ。関わっていいことなんて一つもない」

「そんなこと……」

「じゃあなんで嘘をつく必要があるんだ？　急に会いたくなって捜したんなら、そう言えばいいんだよ。隠すところがますます怪しいんだ。それにもう一つ言っておくがな、ペンネームなんて大事なもんにお前の名前を使うなんて異常だ。ストーカーなんじゃないのか？」

問いつめられ、黙りこくる。

さすがに自分の名前をペンネームとして使われていたのは驚いたが、それも本人の言う通り、他意はないのかもしれない。だらしない楢崎に言わせると、本当に適当にやってしまうなんてことはあるのだ。一条がペンネームを考えるのが面倒で、つい楢崎の名前を借りたというのは、そうおかしな話ではない。

「几帳面なお前にはわからん」

「なんでそんな話になるんだ」

説明したかったが、楢崎のほうも段々投げやりな気分になってきて、説明しようという気がなくなってくる。

「お前の言い方、冷たい」

つい、感情だけで言葉を放ってしまい、岸尾の怒りを買った。

「ああ、そうだろうよ。お前はあの変なお友達のことが好きみたいだから、俺が何言っても信じないだろうな。だから理由を言いたくなかったんだよ。お前が説明しろってしつこいから言ったんだからな。信じないなら信じないでいい。あいつと仲良しのお前は、俺の言葉になんか耳を貸さないってわかっただけで十分だ」

まくしたてるように言い、手に残った泡を流して水道をとめる。まだ食器は残っているが、もう洗う気はないらしい。岸尾がやりかけのものを放り出すなんて、めずらしいことだ。それだけ怒っているとも言える。

「ちょっと待てって」

引きとめようとしたが、岸尾は背中を向けてキッチンを出ていく。何度か名前を呼んだが、最後まで振り向かなかった。

それから岸尾は先に風呂に入り、仕事部屋に籠もってしまった。楢崎もあとからシャワーを浴びたが、ベッドルームに入っても岸尾の姿はなく、リビングで三十分待ってもなかなか出てこない。

「なぁ、寝らんのか？」

「明日早いんだよ。やり残した仕事がある」

仕事部屋を覗いた楢崎は、言葉を切って捨てるように言われ、今日はこれ以上会話を続けるのはやめたほうがいいと思い仲直りは諦めた。一人ベッドに潜り、明かりを落とした部屋でまんじりともせず過ごす。

（なんや。そんなに怒らんでもええやん）

少し離れた部屋には岸尾がいるというのに、たった数メートルがものすごく遠くに感じた。


一条をきっかけに喧嘩《けんか》になった二人の関係は、一週間経っても改善する様子は見られなかった。

会社のデスクで外出する準備をしていた楢崎は、今朝のことを思い出してため息を零した。かけられた言葉といえば、『おはよう』と『行ってきます』くらいだ。

最低限の会話しか交わさない朝というのは、ものすごく憂鬱《ゆううつ》なものになる。

「楢崎さん。今日は十時に出るんですよね？　そろそろ荷物積みますか？」

「すまんな。コピー機のレンタル契約と納品やから、頼むわ」

後輩に声をかけられ、仕事中は忘れて気分を切り替えようと岸尾のことを頭から追いやった。

「そういえば、今日契約する人って、楢崎さんのお友達なんですよね？」

「ああ」

一条からコピー機をレンタルできないかと言われたのは、三日前のことだ。本来個人との契約は交わさないが、一条はフリーランスで自宅とは別に仕事場を構えているために契約の運びとなった。担当は楢崎がすることになる。

（センセーが知ったら怒るやろうな。でも、こんな状況であいつのところにコピー機入れるなんて、言えるかいな）

仕事中は岸尾のことは考えないと決めたばかりだというのに、頭の中は岸尾のことでいっぱいだった。ますます憂鬱になるが、契約書を用意して営業部の後輩とともにコピー機を車に積み込んで出る準備をする。

「それじゃあ、行きましょうか」

ハンドルを握るのは後輩に任せ、楢崎は助手席に乗り込んだ。しばらくするとフロントガラスにポツポツと雨が降ってきて、後輩がワイパーを作動させる。ゴムの部分が同じリズムでキュ、キュ、と鳴った。

（やっぱ降ってきた。コピー機納品する時に限って降るんやもんな）

左右に振れるそれを見ていると、まるで催眠術にでもかけられているように睡魔が降りてくる。

「楢崎さん、眠いんなら寝てていいですよ」

「後輩に運転させておいて、そんなわけいくか。それに、俺の契約のために納品につき合ってもろてんのに、絶対に寝らん」

言いながらも、口調はいつも以上にゆっくりとしたものになっていた。

「ところで、最近元気ないですね。彼女と喧嘩でもしたんですか？」

「まぁなぁ。彼女やなくて彼氏やけど」

「何冗談言ってるんですか。楢崎さんが男の人を好きだなんて聞いたことないですよ」

「そらそうや。ホモやないもん」

「あははは。なんですかそれ。やっぱ楢崎さんって、どっか浮世離れしてますよね」

「ん～……」

いまだ毎日岸尾の部屋で寝泊まりしているが、このところ岸尾は帰って来ない日が多い。

論文の準備があるとかで大学にずっといるのだが、本当に偶然そうなってしまったのか、楢崎の顔を見たくない岸尾の言い訳なのかはわからない。忙しい時は本当に部屋に帰る暇もないほど仕事に追われるのは知っているが、こんなタイミングなだけに、疑っている自分がいた。

避けられているのではないかと思ってしまう。

（喧嘩なんて、やめてしまいたい）

雨で滲んだ景色を眺めながら思うのは、そのことばかりだ。

雨は小降りのままだが、まったく止む気配はなく、とうとう一条の事務所があるマンションへ到着した。仕事場にしているマンションは思っていた以上に立派で、自宅とは別にこんなところに住めるなんてすごいと感心する。

「さて、運びますか」

「はい」

いい社会人が恋人と喧嘩したくらいで仕事に支障をきたすようでは駄目だと言い聞かせ、車を降りてインターホンを鳴らす。一条が出ると、台車を使って慎重にコピー機を運び込んだ。

コピー機はビニール製の梱包剤で包まれているが、楢崎と後輩はずいぶん雨に濡れた。毛先から水が滴っている。岸尾がいたら、また「濡れ男め」と言って雨を楢崎のせいにするだろう。何度「雨男だ」と訂正しても、あの男はなぜか呼び方を変えようとしない。

「楢崎さん？」

「――っ！」

声をかけられて我に返った楢崎は、ドアの前でもう一度チャイムを鳴らした。すぐに一条が出てきて、コピー機を部屋の中まで運び入れる。仕事場は一番奥の部屋で、中はいかにも作家の部屋らしかった。

資料だろうか。本棚には難しそうな本がずらりと並んでいて、ファイル類もかなり積んである。

「どこに置いたらいい？」

「この辺に頼む」

指定の場所にコピー機を設置し、ちゃんと動くか、印刷は綺麗に出るかなどの最終チェックを始めた。チェック表の項目に一つ一つ印をつけながら、仕事を進めていく。問題はなく、このまま納入しても問題ないとわかると、出たゴミを全部袋につめて小さな塵《ちり》も拾った。

素顔は汚部屋住人だが、仕事となると案外細かいところまで気がつくものである。

「一条、終わったぞ」

「もう？　思ったより早いな」

「あと、使い方の説明と、契約内容の確認するから」

楢崎はそう言ってコピー機についていた説明書をコピー機の上に置き、実際に動かしながら説明を始めた。それが終わるとソファーに移動し、契約内容の確認だ。

だが、持ってきたカバンの中に契約書は入っていなかった。

「あれ？　契約書」

朝からしっかり準備していたのに、どこにもない。

「持ってこなかったんですか？」

「いや、準備しとったつもりやけど……。ちょっと車の中見てくるわ」

楢崎は一度部屋を出て車内を確認したが、やはり契約書はない。

(何やってんねん)

出てくる直前まで手に持っていたというのに、いったいどこに置いてきたんだと我ながら呆《あき》れずにはいられなかった。会社に電話をすると、事務の女子社員が倉庫のダンボール箱の上に置いてあったのを見つけてきてくれた。机の上に置いておくよう頼み、部屋に戻る。

「どうでした？」

「あった。……会社にやけど」

「あー、やっちゃいましたか」

「一条、すまん。契約書忘れてきてもうた」

こんな失態は久し振りだった。出る直前まで持っていた契約書を置いてくるなんて、間抜けにもほどがある。

「またあとで来るわ。何時ならいい？」

「何時でも。今日はずっとここで仕事してるから」

「そうか。だったら昼過ぎにこっち方面に来るから、その時でええか？」

「もちろん。それより、たった一台でお前の役に立つかな？　大企業のオフィスなんかに比べたらたいした利益にならないだろう？」

「塵も積もればなんとかって言うやろ。お前が契約してくれたのはありがたい」

一条は嬉しかったようで、はにかむように笑った。子供の頃に、こんな笑顔をよく見た覚えがある。友達のいない一条は、優しい言葉をかけられると、少し恥ずかしげに笑うのだ。

こんな一条が、危険なはずがない。

「コーヒーでも飲んでいかないか？　エスプレッソマシーンがあるんだ。もちろん、後輩の方もご一緒に……」

「あー……と、ごめん。次メンテの予定やねん。こいつも予定入ってるし」

「すみません。せっかくお誘いいただいたのに」

一条は残念そうな顔をしたが、契約書を持ってきた時に飲ませてもらうと言うと、また嬉しそうな顔をする。

それから楢崎はすぐに一条のマンションを出ていったん会社に戻り、後輩と別れると契約書をカバンにつめて一人で得意先に向かった。

だが、その日は一日まるで不調で、それ以降も失敗続きだった。

メンテナンスついでに持ってくるよう頼まれていた新しい事務用品のカタログを忘れ、さらにトナーを忘れ、通り慣れた道を間違える。高速に乗ったら乗ったで降りる場所を通り越してしまい、大幅に時間をロスする始末。しかも、一条のところへ契約書のサインを貰《もら》いにいくという、本来ならしないでいい仕事まであったため、時間のロスはあとあとまで響いた。

自分のせいだが、ふんだり蹴《け》ったりと言いたくなる。

一日が終わった頃にはどっと疲れが伸し掛かり、自分の部屋を掃除しに行く気にもなれず、這うような気持ちで岸尾のマンションへ帰った。マンションに着くと、外から岸尾の部屋の窓を見上げて所在を確認する。

窓から漏れる明かりはなく、中は真っ暗で、まだ部屋の主が帰ってきていないとわかった。

(ハートブレイクな俺の心をさらに抉《えぐ》りよるな)

これなら、誰もいない自分の部屋に戻るほうがまだマシだ。岸尾のいない岸尾の部屋に帰る虚《むな》しさは、言葉にならない。

その時、ふと植え込みの下に蟬《せみ》の死骸が落ちているのに気づいた。蟬の声を聞かなくなってしばらく経つというのに、土の中から出てくる時期を間違えたとでもいうのだろうか。

鳴くこともなく、仲間とも出会うことなく、地上での短い生を一匹で終えたのかもしれない。

動かなくなった蝉の姿を見て切なくなり、楢崎は脚を引きずるようにしてマンションの中へと入っていった。


霧雨《きりさめ》が、紫陽花《あじさい》を濡らしていた。

大学二年の七月。その年は梅雨《つゆ》明けするのが遅く、夏はなかなか訪れようとしなかった。晴れ間がやってきたかと思うと、また梅雨が戻ってきたかのように雨が降る。大学の構内はいつも賑《にぎ》わっているが、前期試験も終わりに近づいているからか、学生の姿はポツポツとしか見られなかった。どんよりと曇った空と古びた校舎のせいで、世界はグレーに染まっている。

楢崎は、傘をさしてぼんやりと立っていた。試験を終えて帰るところだったのだが、バス停に向かう途中で足をとめてから一時間以上が過ぎている。何度、試験が終わって帰る学生たちの集団とすれ違ったことか。

（あ、岸尾や……）

楢崎は、校舎二階の廊下の窓に岸尾の姿を見つけた。その前には女子学生が立っていて、何やら二人で話をしている。試験のことについてなのか、ただの世間話なのかわからないが、岸尾はあまり楽しそうではなかった。

（何話してんのやろ）

じっと見上げていたところで会話の内容がわかるわけでもないが、つい見つめてしまう。

岸尾は、少し困った様子で頭を掻き、女子学生に何か言っていた。彼女のほうはと言うと、恥ずかしそうに、しかししきりに何かを訴えている。

もしかしたら、告白されている最中なのかもしれない——そう思った楢崎は、女子学生の観察を始めた。これまで彼女がいたと聞いたことはなかった岸尾に、特定の相手ができるかもしれないのだ。そう思うと、相手のことが気になって仕方がない。

長い髪は栗色に染めてあり、毛先がカールしている。岸尾との身長差からして、背はスラッと高くスタイルもよさそうだった。顔立ちもはっきりしていて、遠目で見ても美人だとわかる。あれは確か、学園祭のミスコンで最後の五人に残った子だ。結構な有名人で、アナウンス研究会というサークルにいる。彼女に想いを寄せる男子学生は、少なくないだろう。

しかし、二人の間の空気はあまりいいものではなさそうだった。岸尾の前に立つ彼女は、深く俯《うつむ》いて黙り込んでしまったように見える。泣いているのかもしれない。岸尾が何か声をかけると、彼女は踵《きびす》を返して足早に去ってしまった。

（あ。ふってしもうたんか？）

そう思った瞬間、岸尾が楢崎の存在に気づいて窓を開ける。

「楢崎っ、お前、そこで何やってるんだ？」

雨の中ぼんやりと見上げ、自分に話しかける男の顔に見惚れた。

同い年とは思えないほど大人びた友人は背が高く、硬質な空気を纏っている。あまりノリがいいとは言えないが、まるで暗黒の騎士のような高貴な雰囲気さえ持つ岸尾に想いを寄せる女性は多い。楢崎が知っているだけで、今まで五人に告白されていた。

（相変わらず格好ええ男やなぁ。なんで彼女作らんのやろ）

自分とはまったく違う友人を見上げ、岸尾の問いかけに返事をしてないことを思い出す。

「えーっとな……、ここに……」

「もういい。そっち行くから、そこで待ってろ！」

言うなり岸尾は、廊下を走っていった。姿が見えなくなると、言われた通りじっとそこに佇《たたず》んで岸尾が来るのを待つ。一分ほどしただろうか。岸尾が校舎の出入り口から姿を現し、傘をさして楢崎のほうに走ってきた。

「お前、何やってんだ。傘さしてんのに、また濡れてるぞ」

「あ……」

「いったいどんなさし方したらそんなに濡れるんだよ」

近くで見るとますますイイ男で、楢崎はその問いかけに答えることもできずに岸尾をじっと見ていた。いつもぼーっとしている楢崎が、いつにもましてぼんやりした目で自分を見ていることに気づいた岸尾は、大丈夫かと聞くように楢崎の顔を覗き込みながら言う。

「ここで何やってたんだ？」

「えー……と。あ、これや」

楢崎は、立ち止まっていた原因を指差した。そこには夏の到来を待つひまわりが植えられており、花はまだ固い蕾のままで、降り続く雨に耐えている。そのすぐ下に蝉がとまっていた。

「蝉が脱皮しようとしてんねん」

蝉は、割れた背中の中から這い出そうとしていた。尻の辺りはまだ繋がっているが、躰を反り返らせて翅《はね》を伸ばそうとしている。

蝉などの昆虫類がさなぎから成虫になる時は、翅に体液を送り込んで伸ばすと聞いていたため、実際にそれが拡がっていく様子が見たくて立ち止まったのだ。

だが、急な雨のせいか、なかなか翅は開かず、動かない。

「これ、さっきから見てんねんけど、翅全然広がらんねん」

「まさか、蝉が濡れないように傘さしてやってたのか？　どのくらいここにいたんだよ？」

「一時間くらいかな？」

「雨の中一時間もぼーっと見てたのか。お前、風邪ひくぞ」

呆れられるが、見たいものは見たいのだ。テレビで見たことがあるが、成虫になったばかりの蝉の翅というのは、それはそれは美しい。全体的に乳青色をしており、体液の通る血管のようなものが張り巡らされているのもうっすらと見える。

まるで、妖精の翅のようだ。

「午前中は暑かったからな。夏が来たと勘違いして這い出してきたんだろ？　急な雨で気温下がったから、翅が伸ばせなくなったんじゃないのか？」

「じゃあ、雨上がるまで待ったら、見られるんか」

「翅は脱皮して数時間で硬くなるらしいから、もう無理だろ。そいつ、濡れなくても翅伸ばせないと思うぞ」

「そうか……」

楢崎は肩を落とした。

種類によって多少の違いはあれど、蟬は成虫になって一週間しか生きられないのだ。七年もの間、土の中でせっせと栄養を溜め込み脱皮を繰り返し、ようやく空を飛ぶことができるまでに成長したのだ。大空を飛び、腹の器官を震わせて声を響き渡らせるのも目前だっただろうに、ここで終わってしまうのかと思うと切なくなる。

「なんか、かわいそうやな」

「最近、気候がおかしいからな。出てくる時期を見誤ったんだろ」

「それって人間のせいやな」

「まぁ、そうだな」

「せっかく土の中から出てきたのに、このまま死ぬのはかわいそうや」

「しょうがない。もう無理だよ。行くぞ。お前が風邪ひくって」

促され、後ろ髪を引かれる思いで歩き出した。しかし、しきりに蟬のいるほうを振り向く楢崎を見て、岸尾はため息を零した。

「わかったよ。傘貸せ」

岸尾が持っていた傘を押しつけられ、代わりにビニール傘を奪われる。何をするつもりなのかと見ていると、岸尾は蝉の止まっているひまわりの近くにあるベンチに傘を立てかけた。そして、ひまわりを傾け、傘に引っ掛ける。さらに、大学ノートを破って『蝉、脱皮中にて傘はそのままで』と書き、ベンチの上に置いて、傘の持ち手部分と紙の両方に石の重しをした。

「これで濡れないだろ。運がよければ、気温が上がってきた頃に翅を伸ばすかもしれない」

そういう手もあったかと、一時間ただ見ていただけの自分との差に、やっぱり岸尾は頭がいいと尊敬の眼差しを向けた。男前でスタイルはよく、女にモテて、さらに頭までいいなんて、神様は不公平だなんて考えてしまう。

「ほら。俺のに入れてやるから、帰るぞ」

「もう濡れてるて」

「これ以上濡れたら、パンツまでびしょびしょだろう」

「そやな。そらあかんな」

男同士で相合傘をしながら、二人で歩いていった。少し雨脚が弱くなってきて、この調子だと蝉も復活できるかもしれないなんて希望が湧いてくる。

「なぁ、岸尾。そういやお前、さっき廊下で告白されてたやろ？　ふってしもうたんか？」

「ああ、あれか。まぁな」

やっぱり告白されていたのかと、相変わらず女っ気のない岸尾を不思議に思った。

「なんでつき合わんの？」

「お前の面倒見るのでいっぱいいっぱいだからだよ」

「なんやそれ。俺のせいにすな」

「だったら、傘くらいまともにさせ」

「そらそうやな」

笑い、これ以上濡れないよう岸尾のほうに躰を寄せる。雨脚はさらに弱くなり、空の一部が明るくなって雲の隙間から光の筋が見えるほどになった。そして、楢崎のアパートに到着する頃、完全に雨は上がる。

傘を畳みながら「やっぱりお前は濡れ男だ」と、楢崎のせいにされたのは言うまでもない。


お前の面倒見るのでいっぱいいっぱいだからだよ――岸尾の言葉が、寂しさを抱える楢崎の頭の中を巡っていた。

岸尾の部屋のベッドルームで、楢崎はカーテンを少しだけ開け、雨が降る街を見ながら岸尾が帰ってくるのを待っていた。明かりを消した部屋の中から見る雨の街は綺麗だったが、どこか寂しくもある。

もう随分前のことになるというのに、大学でのことを思い出したのはどうしてだろう。

蟬のために傘を置いて帰った次の日、どうなったか知りたくて休みにもかかわらず大学に見に行った。蟬の姿はなく、抜け殻だけが残っていたのだが、無事飛び立ったのだと今も信じている。楢崎一人では、きっとあんなふうに傘を置いていくなんて、思いつかなかっただろう。岸尾がいたから、助けられた。

（お前、俺の面倒見てくれるんやなかったんか。いつも、俺の面倒見てくれたやん）

ずっとほったらかしにされているためか、つい子供のような不満を抱いてしまう。大学の頃は片思いだったが、こんなふうに胸を痛めることはなかった。

「なぁ、センセー。お前本当に俺のこと好きなんか？」

岸尾の匂いのするベッドで、今日も一人悶々《もんもん》として眠るのかと思うと憂鬱は加速する。

もう、限界だった。このまま岸尾の部屋にいたら、寂しくて死んでしまう。

「どうせ今日も遅くにしか帰ってこんのやろ」

本人の代わりに、誰もいない岸尾の部屋に向かって不満げに零し、おもむろに着替えを始めた。そして、自分の荷物をまとめる。このままここにいても、胸が痛いだけだ。こんな気持ちを抱いたまま何日も一人寝の夜を過ごせだなんて、いくら岸尾でも冷たすぎる。

少しずつ生活に必要なものを買い揃えていただけに、荷物はかなり多くなっていた。

クローゼットの中に入れていたため、シュールストレミングの被害から逃れたスーツが三着。新しく買ったワイシャツや下着類。さらに、歯ブラシやタオルなどの生活雑貨などなど。

すっかり生活の基盤ができていたことを改めて思い知り、それももう終わりだと自分に言い聞かせて荷物をまとめた。途中で岸尾が帰ってくることを期待していたのか、帰る準備が終わるとますます気分は落ち込んだ。

（お前、ひどい男や）

心の中でそう呟き、岸尾のマンションをあとにする。

タクシーで自分のマンションまで戻った楢崎は、大きな荷物を抱えて部屋に入った。まだ少し臭いは残っているが、かなりマシになっている。少しずつ掃除をしたのがよかったのだろう。

だが、何日も帰っていなかった自分の部屋は空気がひんやりとしていて、落ち込む楢崎には優しくなかった。

『おい、お前。自分のマンションに戻ったのか？』

携帯から、不機嫌そうな岸尾の声が聞こえてきた。

岸尾から電話がきたのは、なんと楢崎が岸尾の部屋を出てから三日後の金曜日のことだった。出ていったのになんの連絡もないということは、楢崎などどうでもいいと言われているようで、この三日間鬱々した日々を過ごしていた。

もやもやとしたものが胸をいっぱいにし、自分が段々嫌な奴になっていくのを感じながら一日を過ごすのは、平和が一番だと思っている楢崎にとって耐え難いことだったのは言うまでもない。

「なんや、俺がいなくなったの気づいてたんか」

思わず嫌味を言ってしまう自分が嫌になるが、このくらい言わないと気が済まなかった。

(この三日間、俺がどんな気持ちでいたと思うてるんや、このあほう)

心の中で毒づき、どういう返事がくるのか待つ。

『出張に行ってたんだよ。急だったから、昼間に着替えとか取りに行ってそのまま出たんだ』

本当かどうか怪しいものだと思いながら黙っていると、厳しい声で追求される。

『なんで勝手に戻ったんだ？』

不機嫌というのが、電話越しにも伝わってくる。確かに、岸尾が怒るのも尤《もっと》もだ。黙って出て行くなんて、世話になっていながら身勝手すぎた。だが、素直に謝ることができない。

(だってお前、全然帰ってこんやん。お前の匂いのする部屋で、帰ってこんお前を待つ俺の気持ちになってみぃ)

心の中の不満は、言葉にならなかった。しばらく黙り込み、そして取ってつけたように言い訳をする。

「もう臭いも取れてきたし、センセーのところにずっといるのもな」

『だったら、ひとこと言え』

「今言うてる」

『屁理屈《へりくつ》を言うな。世話になった相手に挨拶くらいしてから帰れ』

「悪かった」

『それが謝ってる態度か？』

「悪かった言うてるやろ」

『お前……』

言いかけて、言葉を呑み込んだのがわかった。

「なんや？」

『もういい』

「『もういい』ってなんやそれ。言いたいことがあるなら……」

言いかけたところで、チャイムが鳴った。ここで話を終わらせれば、ますます関係がこじれると思い、電話は切らずにインターホンに出る。モニターに映っていたのは、一条だ。

「ごめん、このまま待ってくれ。客や」

『あいつか？』

まるで浮気現場でも目撃したような厳しい口調に、一条に恋愛感情など微塵《みじん》も持っていない楢崎はムッとした。そんなふうに言われる覚えはない。どうしてそんなに一条のことを目の仇《かたき》にするのか、わからなかった。

「そうや。先生、恋人やからて交友関係にまで口出す気か？」

『もういいよ』

その言葉を最後に、電話は一方的に切られた。すぐに自分の失言に気づき、どうしてああいう言い方しかできないのだろうと反省する。いつも飄々《ひょうひょう》としている楢崎だが、岸尾が絡むと嫌な自分が顔を覗かせるのだ。

「俺、こんなんやったっけ？」

自分がとてつもなく嫌な奴に思えてきて、落ち込んだ。こんなだったら嫌われて当然だという気持ちになり、泣きたくなってくる。

（そろそろふられるんやろか）

心細くなり、途方に暮れた。恋人との関係が悪化の一途を辿《たど》るのをどうすることもできない。手をこまねいて見ているしかないのかと、自問する。

その時、もう一度チャイムが鳴った。

一条をほったらかしにしたままだと気づき、慌ててインターホンに出て、上がってくるよう伝えた。ほどなくして、玄関のチャイムが鳴る。

「ごめん、夜遅くに」

「気にすんな」

「明日土曜日だし、飲みにでもいかないかと思ってさ」

「先に電話したらよかったのに」

「そうだな、ごめん。俺、友達ってお前くらいだから、どういうふうに誘っていいかわからないんだ。締め切りまでまだ余裕だからと思ってたけど、お前は会社員だからな、金曜なんて一週間の疲れがたまってるよな」

自分を責める一条を見ていると、このまま帰すのもかわいそうになってきて出かける準備を始める。岸尾に一方的に電話を切られたことも悲しくて、一人自分の部屋にいる気になれなかったというのもあった。

「いや、行こ」

一条とともに向かったのは、近くの居酒屋だった。駅から五分のところにあるその店は、前から行ってみたいと思っていた。岸尾と何度か中を覗いたが、その時は満席で入れなかった。一緒に来たかったのに……、と思いながら、一条とともに暖簾《のれん》を潜る。

「いらっしゃいませ！」

揃いのシャツを着た店員たちの声が、店内のあちこちからあがった。

「二人やけど、席ありますか？」

「どうぞ、こちらへ。二名様ご案内しまーす！」

若い女性店員に案内され、衝立《ついたて》で仕切られた座敷に上がった。周りを見渡すと、ほとんどの席が埋まっている。あと五分遅かったら、また入れなかったかもしれない。

「いらっしゃいませ。先にお飲み物からお伺いしてよろしいでしょうか？」

二人は生ビールを注文し、串物を中心に料理もいくつか頼んだ。隣の席にいるサラリーマンの集団は随分盛り上がっているようで、時折大きな笑い声があがる。

「乾杯」

生ビールが出てくるとジョッキをコツンと当てて乾杯をし、口をつけた。

「あ〜。やっぱ金曜日のビールは最高や」

そう言いながらも、どこか心から楽しめてはいないと自分でもわかる。意地悪な岸尾のことなど忘れて休み前の夜を楽しもうなんてわざと考え、気分を高めようとするが、本当は自分が悪いのもわかっているだけにまったく盛り上がらない。岸尾とどうしたら仲直りできるか考えてしまう。

特にここは、岸尾と一緒に来ようと思っていた店だ。さらに言うなら、岸尾とあんな気まずい空気のままで電話を切ったのは、一条が来たからだ。一条が来たのかと聞かれて馬鹿正直にそうだと答えた自分も悪いが、あとちょっと時間がずれていれば結果は違ったかもしれない。

(タイミング悪いな)

せめて来る前に連絡をくれていたら……、なんて考えてしまい、そんな自分に愛想を尽かせた。

(あかん、人のせいにしよる)

これ以上考えると醜い自分がますます露出してしまいそうで、頭の中から岸尾のことを追いやる。

「今日は二人で飲みに来られて嬉しいよ。お前は？」

「そうやな、俺も嬉しい」

ぼんやりと答え、最初に出てきたつくねに手を伸ばした。軟骨を刻んだものが混ぜてあり、コリコリした歯ごたえがよく、タレもたっぷりとかかっている。アスパラを一本そのまま使った豚バラ巻やオクラ巻きなどの巻物は塩加減もよく、鶏のレバーはふんわりと仕上がっていた。また、魚の煮つけも味が染みていて、男の一人暮らしでは滅多に味わえないお袋の味だ。

いつ覗いても満席なのがよくわかった。串物も一品料理も、どれを取っても美味しい。

(先生とここに来られる日は、いつになるんやろな)

できることなら岸尾と来たかったなんて、一条を前にして再び喧嘩中の恋人のことを考えしまう。

「なぁ、楢崎。あの岸尾って人はお前の大学の頃からの友達なんだろ？」

「まぁな」

「コピー機のメンテナンスは毎月してくれるって言ってたけど、あの人のところにもお前が行ってるの？」

「そうやけど、なんで？」

「いや、別に……。ただ、お前の友達にしては、ちょっとタイプが違うかなと思って」

「そうか？」

「うん。気難しそうだし、すごく……話しかけにくい雰囲気だ」

確かに、一条の言う通りかもしれない。けれども岸尾のよさは、社交性などではないのだ。しかも、一見マイナスに思える部分も楢崎から見ると魅力的に映る。

外見のよさはもちろんだが、人を寄せつけにくい雰囲気が高貴さを感じさせ、同じ男から見ても憧《あこが》れてしまう。口うるさいところもあるが、世話好きな部分もあって、楢崎はいつも世話になりっぱなしだ。また、普段はクールでも、熱いところを見せることもある。

「あの人、俺のこと嫌ってるよな」

「え？」

「俺、あの人を見ると、俺を苛めてたクラスメイトを思い出すんだ。俺のことをからかっていた奴らじゃなく、徹底的に無視してた奴がいただろ？　あんな空気を感じる」

「センセーはそんなことせぇへん。お前、ちょっと言いすぎと違うか？」

「でも俺、最初に挨拶した時、握手を求めて無視された」

楢崎はドキッとした。

確かに、最初に会った時、岸尾は一条の握手に反応しなかった。だが、気づかなかっただけだとも考えられる。大学の頃からの友人だと紹介した岸尾に、一条は自分は小学生の頃からの友人だと名乗ったのだ。もしかしたら、面白くなかったのかもしれない。わざとだったとしても軽い嫉妬心だ。岸尾は気の弱い者を苛めたり無視したりするタイプではない。

「気のせいや。お前はセンセーのことを知らんから」

「ごめん。悪口を言うつもりはなかったんだ。もうこの話はやめよう」

その言葉に同意し、気を取り直して熱燗《あつかん》と金目鯛《きんめだい》の一夜干しを追加した。ちびちびと舐めるように日本酒を飲みながら、魚の身を箸《はし》で少しずつほぐして会話を楽しむ。

一時間半ほど飲み喰いし、お腹も膨れて料理の皿も空になると、そろそろ出ようと楢崎が先に一条を促した。会計を済ませて店を出ると、来た時よりも気温は随分下がっている。

「俺、またお前と飲みに来たい」

「そやな。今度みんなで来よう。香澄も結構飲むからな、あいつ連れてきたら楽しそうや」

「みんなもいいけど、俺は二人のほうが落ち着く。二人で来ようよ」

その言葉に、楢崎は曖昧《あいまい》な返事しかしなかった。

そんなことは言わないで欲しかったが、苛められた経験のある一条にあまり知らない相手とすぐに仲良くしろというのも、無理があると思ったからだ。初対面の人間とでもすぐに打ちとけられる自分には、わからない気持ちなのだろうと考える。

「もう一軒行かないか？　俺、いいバーを知ってるんだ。ちょっと遠くなるけど、タクシー代出すから」

「ごめん。俺、帰るわ」

「もう？　あと一軒くらい……」

「いや、最近ちょっと仕事忙しくてな。腹もいっぱいになったし、疲れた。また今度飲も」

やんわりと、だがきっぱりと誘いを断ると、さすがに一条もそれ以上無理に誘おうとはしなかった。残念そうにしながらも、納得したように何度も頷《うなず》いてみせる。

「わかった。そうだよな、金曜は疲れがたまってるだろうし、じゃあまた今度」

「うん、またな」

軽く手を挙げると、駅へ向かう一条の背中を少しの間見送ってから、楢崎は踵を返して自分のマンションのほうへと歩き出した。ほどなくして、頬に冷たい雨が落ちてくる。

（あ……）

最近は、よく雨が降る。まるで、楢崎の心を映しているかのようだ。晴れ間はなかなか見えず、分厚い雲が空全体を覆っている。

（俺がこうやって濡れとったら、迎えにきてくれるかな）

互いの気持ちを初めて確かめ合った時、「濡れてるお前が好きだ」と言った岸尾の言葉を思い出した。あの時も些細《ささい》なことが原因で、二人の気持ちはすれ違いを起こしていた。山に登る約束を半ば一方的に結び、雨が降ったら行かないと言われ、賭けをしている気分でその日が来るのを指折り待っていたのを思い出す。

だが、雨男なだけあり、当日は晴れることなどなく見事なまでの大雨になった。

それでも岸尾に会いたくて、一人で山へ向かった。来ているはずがないと思いながらも、やはり約束の場所に岸尾の姿がなかったのを確認した時は落胆した。

それでもそのまま帰ることができなくて、雨の中を山頂へと歩き出したのである。

なぜ、あんなことをしたのかわからない。けれども、あの時山に登ったから、何時間も遅れてやってきた岸尾と会うことができ、自分の気持ちを素直に言えたのだ。恋人という関係になることができた。

あの時、諦めていれば会うこともなく、気持ちを伝え合うこともなかったかもしれない。

（センセー、はよ来てくれ）

雨に打たれながら、心の中で静かに願う。

しかし、いくら待っても岸尾が迎えに来る様子はなかった。霧雨程度の雨だったが、ずっと立っていると髪の毛の先から雨粒が滴るほどに濡れ、コートもびしょびしょになる。それでもぼんやりと佇んでいたが、岸尾はここに来たりしないと悟った楢崎は、寂しい笑みを口許に浮かべた。

当然だ。約束などしていないのだから、来るはずがない。しかも、あんな形で電話を終わらせておいて、今さら何甘えたことを考えているのだろうと思う。

「何やってんねん。帰ろ」

呟き、トボトボと歩き始める。

一条と店の前で別れてから、一時間ほどが過ぎていた。


乾いた冷たい風が、道行く人を俯き加減にさせていた。背中を丸め、マフラーに顔を埋めるようにして、皆足早に通りすぎていく。それとは裏腹にカフェの中は暖かく、耳に入り込んでくるのは風が空気を切る音ではなく、女性歌手の歌声が優しいボサノバだ。

まるで落ち込む楢崎の心を癒《いや》すように、優しく語りかけてくる。

「ねーねー、楢崎ちゃん。どうして自分のマンションに戻っちゃったの？」

丸いテーブルを挟んで前に座っているのは、香澄だった。仕事中だが、一緒にご飯を食べようと誘ったらわざわざ出てきてくれた。

「どうしてって……臭い取れたし」

「へぇ。でもそれだけの理由じゃないでしょ」

鋭い香澄の言葉に、楢崎は何も答えなかった。その反応を見て、確信したようだ。

「なぁ～んだ。喧嘩しちゃったんだ。部屋が臭いのをいいことに先生が楢崎ちゃんを部屋に連れ込んでいかがわしいことしてるのかと思って、わくわくしてたのに～」

「なんやそれ」

「だって、先生ってかなりむっつりスケベよ。あの手の男はね、クールなふりして頭の中ではかなり変態なこと考えてるんだから～。気をつけなきゃ駄目よ。縛られて変なもの突っ込まれちゃうんだから」

「変なもんてなんや。想像しすぎや」

「ねぇねぇ、先生なら何されてもいい？」

「あいつはそんなことせぇへん。俺より大事なもんがあるんや」

「大事なものって？」

「論文」

拗《す》ねた口調になってしまうのを、どうすることもできない。帰ってこない岸尾を待っていた時の気持ちを思い出して、また切なくなった。心の中で「そんなに俺が信用できんか？」と岸尾を責めてしまう。

「俺が一条と仲良くするのが嫌なんやて」

「ふ～ん。でも、今回は先生の言うこともわかるわ」

「なんや。香澄も一条のこと、好かんのか？」

「だって～、あたしなんとなくあの人苦手」

香澄はランチプレートに残ったサラダを平らげ、食器をさげるよう店員を呼んだ。すぐに食後のコーヒーが二つと、香澄が注文したチョコレートパフェが出てくる。

「そんなこと言うなて」

香澄にまで一条を嫌うようなことを言われ、ほとほと嫌になった。どうして二人とも、一条のことをそんなに警戒するのだろうと思う。

「憂鬱やな」

「なんで?」

「実はこれからな、センセーのところにメンテ行くんや」

「だからあたしを呼んだのね。ひどいわ」

「まぁ、半分はな」

「やだ。あたし、都合のいい女にされてる〜」

「女ちゃうやろ。それに、都合のいい女やなくて、なんでも言える友達や」

友達と言われて嬉しかったようだ。香澄は上機嫌になり、落ち込む楢崎の前にチョコレートアイスと生クリームの載ったスプーンを差し出してみせる。

「甘いもの食べたら、元気出るわよ。ほら、あ〜ん」

あ〜ん、と口を開けてそれを貰い、その冷たさに眉をひそめた。だが、美味しい。口に残った甘さをコーヒーで流し込むとすっきりした。

「楢崎ちゃん、元気出して。あたしはいつも楢崎ちゃんと先生のことを応援してるわ」

「でも、メンテ行きたない」

「大丈夫だって」

そう言ってくれるのは嬉しいが、なんの前触れもなく部屋を出て行ってから、初めて顔を合わせるのだ。世話になったのに黙って部屋を出て行ったあとだけに、顔を合わせづらい。自分が悪いとわかっているのに、電話できちんと謝ることもできなかった。嫌われても仕方がないと自分でも思っているからこそ、聞きたくない言葉をぶつけられるかもしれないと怖くなるのだ。

別れたいなんて言われたらどうしよう――臆病《おくびょう》な部分が、ふと顔を覗かせる。

「行きたくない気持ちはわかるけど、仲直りできるチャンスよ」

「チャンス……かなぁ」

「そうよ。チャンスよ。嫌でも顔を合わせなきゃならないんでしょう？　しかも、教授室で二人きりよ。ゆっくり話し合えるじゃない。あたしなんか、仲直りしたくてもできないのよ。なんせ相手に浮気されて逃げられたんだから」

「……香澄」

楢崎は、それ以上言葉が出なかった。

男の裏切りに遭ってから、まだそんなに時間は経ってないのだ。あっけらかんとした性格だとしても、まだ引きずっているに違いない。何度も男に裏切られて傷ついているだろう。

他人の恋愛の相談など受ける気になれないだろうに、ちゃんと話を聞き、応援してくれる。

こんなに優しい子はいないと、楢崎は深く反省した。

「ありがとうな、香澄。俺、甘えてばっかりや」

「いいのよ。だってあたしたち、友達じゃない」

にっこりと笑う香澄を見て、こんなことではいけないと思った。いつまでもウジウジして香澄に愚痴を零しているなんて駄目だ——そう自分に言い聞かせる。

「よっしゃ、頑張ってメンテ行ってくる」

「いい顔になってきたわ。それなら大丈夫よ。きっと仲直りできると思うわ」

「そうか？」

「うん、頑張ってね～。あたし、もう一個デザート食べてから帰るから」

「じゃあ、それも奢《おご》ったる」

店員を呼び、ケーキとコーヒーを注文してから伝票を手に取った。

「楢崎ちゃん大～好き！」

「俺も大好きや。ありがとな、香澄。俺、香澄がおらんかったら、もっと落ち込んでる」

笑顔で自分を見送る香澄に手を振り、店をあとにした。

香澄と話をしたからか、少し気持ちが明るくなってきて、仲直りに前向きになることができた。いつまでも喧嘩したままだなんて面白くない。素直にごめんと謝り、もう一度一条のことも説明して、岸尾の言い分にちゃんと耳を傾ければいいのだ。

楢崎は明るい気持ちで駐車場に停めていた営業車に乗り込み、岸尾のいる大学へと向かった。丁度講義と講義の間なのか、大学に到着した時にはキャンパスは学生の姿でいっぱいだ。気楽な学生に混じって、就職活動中らしいリクルートスーツ姿の学生もいる。

楢崎はメンテナンスに必要な道具を抱え、教授室がある建物をめざした。エレベーターに向かい、降りてきたそれに乗り込む。この辺りは学生たちの姿もまばらで、静けさに包まれていた。外では学生たちの活気溢れる声が飛び交っているのに、それも遠くに聞こえるだけだ。

(仲直りするぞ)

岸尾の部屋の前に来ると、一度深呼吸してからドアをノックした。中から返ってきた声は、間違いなく岸尾のものだ。こうして生で聞くのは久し振りで、嬉しくなる。

「俺や。センセー。コピー機のメンテに……」

言葉はそこでとまった。

中にいたのは、女子学生だった。岸尾もいるが、話をしているところだったらしい。

「あ、いつもお世話になってます。コピー機のメンテナンスに来ました」

女子学生がいる手前改まった言い方をし、コピー機の前に荷物を置く。岸尾に話しかけたいが、彼女が帰ってからのほうがいいだろう。

「コピー機見せてもらいます」

楢崎は、点検を始めた。

横についている蓋を開け、紙を送り出すローラーの消耗具合を確認し、ベルトや他の部分も一つ一つチェックしていく。そうしている間、女子学生と岸尾の声は耳に流れ込んできて、つい聞き耳を立ててしまっていた。

「先生。この前の講義でやったところなんですけど……」

ただ単に教授室に遊びに来たのではなく、本気で勉強をしようという学生のようだ。手に教科書を持ち、授業で取ったノートを開いている。

女子学生は、女らしくて綺麗だった。大人びた雰囲気と腰まであるサラサラのストレートヘア。艶《つや》やかな黒髪は色白な彼女の肌をいっそう美しく見せている。

ゲイではない岸尾の目に、彼女はどう映っているのだろうと思う。

黄色い声でまとわりついてくる女子学生には厳しいが、勉強熱心な学生のことは嫌いではないだろう。ちょっとした好意が、恋愛に発展する可能性はどのくらいあるだろうか。

少なくとも、泊めてもらった礼もロクに言わない恋人よりはいいに違いない。

（あかん、またマイナス思考になってきよる）

わざとゆっくり作業をするが、彼女と岸尾の会話は終わらない。そうしているうちに、やることがなくなってしまった。次の仕事の予定もあるため、いつまでもダラダラとここに居座るわけにもいかない。

（今日は諦めるか……）

あんなに前向きだったのが嘘のように、気持ちは打ち沈んでいた。もう二度と仲直りなどできない気がし、さらには岸尾の心はすでに離れているのではないかという疑いまで持ってしまい、段々気持ちが萎《な》えていく。

「先生、お話中すみません。点検が終わりましたので、サインをお願いします」

楢崎が声をかけると、岸尾はいったん女子学生との会話を中断した。部品の交換を行ったものなどすべて報告し、点検表に作業終了のサインを貰う。

二人の会話は必要最小限のもので、楢崎が退室する時は顔さえ見てくれなかった。

岸尾と喧嘩をしてから、部屋はどんどん汚くなっていった。

以前のようにゴミが積み上がっていき、洗い物はそのままで、洗濯物もたまっていく。これではいけないと自分でもわかっているが、行動に移せない。

「駄目や。もう、俺……このまま腐ってしまいたい」

こんなに後ろ向きでは元気づけてくれた香澄に申し訳ないと思いながらも、ため息とともに出てくるのはマイナス思考の言葉だ。恋人と喧嘩したくらいで、自分がこれほど駄目になるとは思っていなかった。

以前から片づけができず部屋は汚なかったが、今はそれとは違う。食事を摂る気にすらなれず、部屋に帰るとただただ一人でぼんやりしているだけだ。仲直りしようと意気込んでメンテナンスに行って以来、ぷっつりと何かが切れてしまった。立ち直れない。

どのくらいそうしていただろうか。インターホンが鳴った。

その音は耳には入っていたが、すぐに反応できない。岸尾が来た可能性も思いつかず、洗濯物の山の中で屍《しかばね》と化しているだけだ。ぼんやりとしたまま、身動き一つできない。

しかし、しばらくして玄関ドアの前に人の気配を感じ、ようやく顔を上げた。

「……？」

ドアが開いた音がし、足音が近づいてくる。楢崎はゆっくりと身を起こした。

（もしかして、センセー？）

期待のためか、心臓がトクトクしている。

しかし、現れたのは岸尾ではなく、一条だった。部屋の鍵をかけ忘れることはめずらしくないため、さして不思議に思わず、ただ落胆する。

「なんや、一条か」

楢崎は、再び洗濯物の山の中に身を沈めた。もう、二度と起き上がれないかもしれない。

「チャイム鳴らしても出てこなかったから、勝手に上がったよ。前も散らかってたけど、すごい部屋になったね。誰だと思ったの？」

「岸尾センセー」

楢崎は、岸尾を待っていたことを隠しもしなかった。放っておいてくれなんて気持ちにすらなり、寝そべったまま抑揚のない声で言う。

「今日はお前の相手する気になれん。悪いけど一人にしてくれ」

その言葉に反応はないが、一条が立ったまましばらく楢崎を見下ろしているのはわかった。冷たい言葉にショックを受けたのか、それとも別の理由があるのか、微動だにしない。

それでも一条に構う気力は起きず、楢崎はじっとしていた。根競《こんくら》べでもしているかのように、二人の間に会話はなく、あるのは沈黙だけだ。お互い何をするでもなく、時間だけが過ぎていく。

二人の間の静寂を破ったのは、一条だった。

「なぁ、楢崎。あの男と恋人同士なのか？」

「うん。喧嘩中やけどな」

「男だぞ」

「そんなんわかってるて」

「寝たりしてるのか？」

「してる」

　楢崎があっさりと認めたことに驚いたようで、一条は口を噤《つぐ》んだ。だが、帰る気はないらしく、そこに佇んだまま拳を握り締めて搾り出すように言う。

「……あんな男、やめろ」

「お前にそんなこと言われたない」

「俺なら……っ、お前をもっと大事にする」

「俺は別に大事にされたいと違う」

「じゃあ、どうされたいんだよ？　何をされたら、お前は幸せになれるんだ？」

　楢崎は、答えなかった。何をされたいかなんて聞かれても、困る。いろんなことをされたい。いろんなことをしてやりたい。そして、一緒にしたい。

　相手が岸尾でないと、意味のないことだ。

「あの岸尾って人は、お前には合わない。あんな男の恋人なんて、やめたほうがいい」

「なんでそんなことお前に言われないかんねん」

「俺がお前を好きだからだ！」

その告白に、楢崎はゆっくりと瞬《まばた》きをした。男に告白されたというのに驚かなかったのは、今の楢崎にとってどうでもいいことだからかもしれない。今、楢崎にとって大事なのは、一条が自分をどう思っているかでなく、岸尾がどう思っているかだ。

「俺はホモやない。センセーとの仲が駄目になっても、お前とつき合う気はない」

これで帰ってくれるかと、わざと冷たい言葉で言った。

冷酷になれたのは、岸尾は楢崎に合わないなんて言われたのもあるだろう。岸尾のよさなど知りもしないで、そんなことを言われたくなかった。なぜ、自分が岸尾を好きになったのか聞こうともしないで『あんな男』呼ばわりすることにも、腹が立った。

香澄も岸尾のことは滅茶苦茶に言うが、それとは違う。普段は嫌味を言われても気づかないようなぼんやりした楢崎だが、岸尾に対する一条の言い方にはカチンときたのだ。

「なぁ、楢崎。もういいんだよ。素直になっていいんだ」

急に声の口調が変わった。

まるで子供に言い聞かせるような一条の言葉に、何か嫌なものを感じる。一条を見上げると、口許に笑みを浮かべながら同情の混じった目で楢崎を見下ろしていた。

そして、その手にキーホルダーのついた鍵を持っているのに気づく。

「……お前」

楢崎の視線の先に何があるのか、一条はわかったようだ。笑顔でそれを顔の横に上げて、揺らしてみせる。

「あ、これ？　合鍵作ったんだ」

「合鍵？　どこのや？」

「もちろん、このマンションのだよ」

「……なんで？」

楢崎は、ゆっくりと起き上がった。一条が中に入ってこられたのは、自分が鍵を閉め忘れていたのではなく、勝手に合鍵を作っていたからなのだ。しかも、それを当たり前のことのように堂々と言ってみせるなんて、どう考えても普通じゃない。

「合鍵て……俺、そんなこと許可したか？」

「水臭いな。許可なんてなくても、俺は全然構わないのに……」

「そういうことやないやろ。許可するのは俺で、お前にそんなこと言う権利はない」

「照れないでよ。もう、隠さなくてもいいんだ」

まともな会話ができそうになく、黙り込む。

「契約書を忘れてきたのだって、俺にもう一度会いたいからだろう？」

「なんのことや……？」

「コピー機を持ってきた時のことだよ。後輩と一緒だったから、二人きりにはなれなかったもんな。午後に契約書を持ってきてコーヒーを飲んでいた時、楢崎の気持ちに気づいたよ。もしかして、小学生の頃からだった？　それなら気づかなくてごめん」

一条の表情を見て、あることを思い出した。岸尾の忠告だ。

確認しないまま、ここまで放置していた。

「お前、誰に俺の住所聞いたんや？　同窓会に出た時に聞いたって言うてたけど、本当か？　本当に同窓会で聞いたんか？」

「探偵に調べてもらった」

「探偵て……俺に嘘ついたんか？」

「だって、俺が捜してたって聞いたら、気を遣うだろう。本当は自分が捜さなきゃならないのに、俺に捜させてごめんって言われるのはわかってたから、だから黙ってた」

それが真実だと思い込んでいるらしい一条を見て、楢崎はゴクリと唾《つば》を呑んだ。

岸尾の言う通りだった。一条は、同窓会には行ってない。嘘をついていたのだ。おそらく、ペンネームも身近にあった名前だからつい使ったというのも嘘だ。

そこには、楢崎に対する執着が根深く巣喰っている。

「もういい加減、あんな男は見捨てていいんだよ。いつまでも同情なんてやめて、俺のところに来ていいんだよ。我慢しないでさ。な？」

「勘違いすな。俺が好きなのはお前やない。センセーや。あいつやから、男でもいいんや」

「――っ！」

「お前とは友達にしかなれん」

楢崎の岸尾に対する気持ちをはっきり口にされたからか、一条の目に狂気が宿る。

「どうして……っ！　どうしてそんなことを言うんだ！　せっかく俺が……っ！」

いきなり襲い掛かってこられ、楢崎は反応できなかった。

「おい……、な、何やってんねん！」

押し倒され、馬乗りになられる。かと思うと、ワイシャツを剝ぎ取られ、それで手を後ろに縛られた。必死で暴れるが、洗濯物の中に混じっていたネクタイで足も拘束される。

完全に自由を奪われて、これから何をされるのだろうと危機感に見舞われるが、一条はいったん躰を離して部屋の中をうろつき始めた。いざこうしてみたはいいが、次にどうしたらいいのかわからないらしい。

「一条、これ……外せ」

「嫌だ。嫌だ！　どうして俺じゃ駄目なんだよ。どうして！」

ほんの今まで、楢崎の相手が自分だと疑っていなかった男とは思えない、悲痛な声だった。楢崎に問いかけているのではなく、感情的に独り言を大声で繰り返しているといった印象だ。感情のぶれが激しくて、手に負えない。

「こんなことしても、俺の心は動かんぞ」

「あいつより、俺のほうがお前を好きなのに！」

「そんなん競ってどうする。センセーよりお前が俺のことを想ってたとしても、俺の気持ちが変わる理由にはならん」

ぐっと息を吞んだのがわかった。ようやく納得してくれたかと思ったが、一条の目に宿っていた狂気は消えていない。手を伸ばされ、思わず後ずさりする。

「おい、変なこと考えんな。大声出すぞ」

「駄目だよ。大声なんか出したら、殺してしまうかもしれない」

「——っ！　……ぅぐ……っ」

いきなり伸し掛かられて、手近にあったタオルを口の中に突っ込まれる。舌で押し出そうとしても、喉《のど》の近くまで押し込められているため、それもできない。苦しくて、吐きそうだ。

「ぅう……っ、……ぅ……っ！」

外して欲しいと必死で訴えるが、何かを捜すような仕草を始めた一条は、楢崎の口に押し込んだタオルが外れないよう、洗濯物に紛れていた別のネクタイを摑んだ。

あっさりと猿轡《さるぐつわ》を嚙まされてしまう。

何をされるのだろうと身構えていたが、一条は楢崎から離れると再び部屋をうろつき始めた。ブツブツと口の中で何かを言いながら、部屋中を歩き回っている。しばらくそうしていたが、何かを思い出したように風呂場のほうに向かった。ガチャガチャと何かを探している音がする。

（あいつ……何するつもりや）

その時、楢崎はポケットから滑り落ちた携帯が洗濯物の山の中に紛れていたことに気づいた。今なら、岸尾に助けを求めることができる。声は出せなくても、呻き声を聞いたら何かあったと気づいてくれるだろう。一条が戻ってくる前にと、後ろ手に携帯を摑んで手探りで電話をかける。ソファーの下に隠すように置き、応答を待った。

（頼む。センセー、出てくれ。頼むから、出てくれ）

祈っていると、呼び出し音が途切れる。

『もしもし？』

電話に出たのは、女の声だった。どうして岸尾じゃないのだと、頭が真っ白になる。番号を間違えたかと思ったが、短縮でかけたのだ。間違えるはずはない。

『もしもし？』

もう一度、女の声を聞かされた。

（何、やってんねん）

我に返り、相手なんて誰でもいいと助けを求めて声を出して訴える。しかし、呻き声しか出なかったためか、妙な電話だと思ったらしく無情にも電話は切れた。すかさず一一〇番通報をして助けを呼ぼうと、手探りで電話を掴む。だが、そこまでだった。足音が戻ってきて、楢崎はそのまま携帯をソファーの下に滑り込ませた。

岸尾に助けを求めていたなんて知ったら、この男は激昂《げっこう》するだろう。

「あったよ。これがないと、セックスできないよね」

手に持っていたのは、乳液だった。嬉しそうに笑顔を湛《たた》えるその目は、普通ではない。

楢崎は身の危険を感じながら、女子学生と一緒にいるであろう岸尾の姿を思い浮かべていた。

それから楢崎は、ベッドに運ばれて仰向《あおむ》けに寝かされた。そして、抱きつくような格好で伸し掛かられる。一条の中心は固く変化しており、太腿《ふともも》に何度もこすりつけられた。まるで、楢崎は自分の獲物だとマーキングされているようだ。首筋に押し当てられる唇は、這い上がっていくように耳元まで移動し、一条のくぐもった声を聞かされる。

「楢崎。これから俺と、じっくり愉《たの》しもうな」

「う……っ、……うう……っ」

「楢崎……、大事にする。……ずっとずっと大事にする。あんな奴より、俺のほうがお前を大事にできる」

「ううっ、……うう……、……っく」

自由を奪われ、猿轡を噛まされた楢崎は、耐えることしかできなかった。必死でやめろと訴えるが、一条に心の声は届かない。舌を這わされ、好き放題躰を弄られ、必死で歯を喰いしばる。

好きでもない男の愛撫に感じるのは嫌悪だけで、触れられる部分に走るのは、快感とはほど遠いものばかりだ。鳥肌が立ち、岸尾に触れられる時との違いを痛感した。改めて岸尾は特別なのだと思わされたと言っていいだろう。

（気持ち、わる……）

楢崎は眉をひそめ、拷問に耐えるような気分で時間が過ぎるのをただじっと待っていた。

一条が射精の一回でもすれば、少しは冷静さを取り戻すかもしれない——その希望に縋《すが》りつくしかない。

「どうして……勃《た》たないの？」

ふいに一条が顔を上げ、悲しげな声でそう言った。スラックスの上から握られ、こすられるが、多少は反応してもすぐに萎えてしまう。肉体的な刺激に反応しても、心まではいかない。

「いいよ。お前がそんなに強情なら、もっと気持ちよくしてあげる」

「うう……っ、……うっ！　……ぅぅー……っ！」

前をくつろげられ、下着の中から中心を取り出されたかと思うと口に含まれる。嫌でたまらず、情けなさに泣きたくなった。

「ぅ……、……っく」

舌が絡みついてきて、楢崎を育てようとする。しかし、やはり反応はほとんどせず、一条はムキになって萎えたままの中心を口の中に何度も出し入れした。痛いほど握り締められて、あまりの苦痛に涙が滲む。

こんなふうにされて、勃つはずがない。

まるで子供だ。上手く外せない知恵の輪を、力ずくで外そうとするような強引さしか感じなかった。そのうち、癇癪《かんしゃく》を起こして床に叩きつけるかもしれない。

だが、何をしでかすかわからない男に組み敷かれた楢崎の心を占めているのは、恐怖ではなかった。

（なんでや、センセー。……なんで、知らん女がお前の電話に出るんや）

そんなことばかりが、頭の中を駆け巡る。好きでもない男にしゃぶられ、嫌悪感に耐えているというのに、岸尾は今頃あの女性と楽しい時間を過ごしているかもしれない。

そう思うと、自暴自棄《じぼうじき》になってしまう。

(もう……突っ込まれても……知らん)

諦めの境地になった楢崎は、全身から力を抜いて一条に身を任せた。

このまま一条のものにされても、自業自得だ。岸尾の忠告に耳を傾けなかった自分が悪い。こんな結果になったのは、自分のせいだ。

「楢崎、さっきより、少し勃ってきたかも」

嬉しそうな声がしたかと思うと、一条が自分のスラックスのベルトを外す。その気配を感じながら、楢崎は覚悟をした。

(も、知らん……)

絶望的な気持ちになり、このままここで犯されるのはもう避けられないのだと観念する。岸尾以外の男となど繋がりたくはなかったが、終わるまでじっと耐えるしかない。一分でも、一秒でも早く終わってくれるのを祈るだけだ。

しかしその時、慌しい足音がしたかと思うと、玄関のドアが大きな音を立てて開いた。誰かが飛び込んできたのがわかる。

「——楢崎っ、いるかっ！」

岸尾の声だった。

足音はすぐさま部屋の中に入ってきて、岸尾が姿を現す。この状況を見て、一瞬動きがとまった。

「楢崎……」

「ぅうっ、ぅううっ、うっ！」

言葉にしようとするが、呻き声しか出ない。なぜ都合よく岸尾が飛び込んでくるのだろうと思うが、そんなことはどうでもよかった。岸尾の姿を見て、助かったのだと心底安堵《あんど》する。

観念はしたが、本当は死ぬほど嫌だった。岸尾だけが特別なのだと、痛感した。

「……あんた、何やってるんだよ」

静かだが、怒りに満ちた声が岸尾の口から零れる。

「何やってるんだって聞いてるんだよ！」

岸尾は一条の首根っこを掴んで、力任せに楢崎から引き剝がした。勢い余って、一条の躰が壁に打ちつけられる。しかし、気の弱い男とは思えないような勢いで、一条は岸尾に摑みかかった。

「じゃ、邪魔をするな……っ！」

「強姦の邪魔して悪いか！　この犯罪者が！」

一発、岸尾が横っ面に拳《こぶし》を叩き込む。

「ひ……っ、……やめろ……っ、やめてくれ……っ、乱暴しないでくれ！」

一発喰らっただけで、一条の態度は一変した。部屋の隅に蹲《うずくま》り、両腕で頭を覆って身を縮こまらせ、敵から身を守る貝のように動かなくなる。二つの人格を持っているのではないかと思うほどの変わりようだ。

一条の様子を見た岸尾は、軽くため息をついて楢崎のほうへ歩いてきた。

「大丈夫か、楢崎」

猿轡を外され、手足の拘束も解かれる。

「お前、なんで……」

「俺の携帯に電話しただろう。うちの学生が勝手に電話に出たんだよ。ったく、最近の若いのはなんであぁデリカシーがないんだ。真面目に勉強しに来てるんだと思ってたのに」

スラックスを元通りにされ、シャツを着せられた楢崎は、ボタンを留める岸尾のことをじっと見上げた。

「俺、お前に助けてもらおう思て……。でも女の子が出たから、もう駄目かと思た」

「俺が気づいた時は電話を切ったあとだったが、着信履歴でお前だってわかってかけ直したんだよ。そしたら話中で、変な電話だったたって言ってたから絶対おかしいと思ってタクシー飛ばしてきた」

これまでに見たことがないくらい、岸尾の表情は険しく、不機嫌そうにしている。眉間にシワを寄せ、口角は下がっているのだ。

だが、それでも助けに来てくれた。見捨てられても仕方ないのに、助けに来てくれた。

それだけでいいと、生の岸尾の姿を目に焼きつける。

「大丈夫か?」

「うん」

立ち上がると、まだ部屋の隅に蹲ったままの一条に目をやった。じっとしているように見えるが、躰が小さく揺れているのに気づく。さらに、声も聞こえた。

「どうして……どうして、俺の邪魔をするんだ。……どうして、あなたは俺の邪魔を……」

ブツブツと口の中で繰り返しているのは、同じ言葉だ。なぜ自分が殴られたのか、まだわかっていないらしい。

「楢崎は合意してくれたのに。俺を受け入れてくれたのに……」

「これのどこが合意の上なんだ」

「合意だよ！　お前みたいな奴より、俺のほうがいいに決まってる！」

再び感情的になっていく一条を宥《なだ》めるように、楢崎は冷静に言った。

「俺は合意なんかしてへん。お前、病院で診《み》てもらえ。変なことばっかり言うてる」

「何……言ってるんだよ。楢崎、……お前、……俺のこと……」

「お前、さっきから言うてること滅茶苦茶や。俺が好きなのはお前やない。岸尾センセーや。お前は、ただの友達や。わかったか？　ただの友達に、それ以上の意味なんてない」

「――っく！」

一条が小さく呻いたかと思うと、いきなり窓に向かった。飛びつくようにして開け、足をかけて身を乗り出す。

「馬鹿が……っ！」

岸尾が咄嗟《とっさ》に一条を追い、阻止しようとタックルをするような格好で腰にしがみつくが、一条の足は窓枠を越えた。躰が壁の向こうに消えた瞬間、楢崎も身を乗り出して洋服を摑む。

「一条っ！」

「ぐ……っ」

一条の胴体に回された岸尾の腕は、かろうじて腕のつけ根のところで止まっているが、バンザイの格好でずり落ちそうになっている躰を支えるのにも限界がある。

「おい、死んでしまうぞ！」

楢崎はさらに身を乗り出し、スラックスを摑んで引き上げた。

「暴れんな。落ちてまうて」

「俺なんか死んでもいい。俺なんか……っ」

一条が足をばたつかせるたびに、躰はズルズルと落ちていく。これ以上暴れられると、支えきれない――そう思った時、岸尾が叫んだ。

「お前が死んだら、こいつが責任感じるだろうが！　こいつにそんなもん背負わせる気かっ？」

一条の動きがとまった。すかさず、岸尾がもう一度言う。

「自分の死の責任をこいつになすりつけるのか！　確かにそれでこいつはお前を一生忘れないだろうがな、ずっと苦しむことになるんだぞ。一生、責任を感じて苦しむんだ！」

今のうちだと目配せされ、楢崎は腕にグッと力を入れて一条を引き上げにかかった。少しずつたくし上げるようにして、部屋の中へ引きずり入れる。

「はぁ……っ、……はぁ、……っ、……はぁ……」

ようやく助け上げると、二人は精も根も尽きて脱力した。一条も窓の下に座り込み、放心している。

こんなに力を振り絞ったのは、何年ぶりだろうか。

しばらくそうしていたが、体力が戻ってくると、岸尾はゆっくりと立ち上がった。そして、一条のすぐ目の前に立ちはだかる。一条もゆっくりと顔を上げ、岸尾を見た。

「ほんっと鬱陶《うっとう》しい奴だな。お前はまだ人を好きになったことがないんだよ。ただ独占したいだけだ。こいつの目の前で自殺するなんて、汚ねぇ真似するな。死にたいならこっそりやれ」

「……っ！」

「あてつけに自殺してみせるようなお前に、こいつを好きだなんて言う資格はない」

本当なら、もう二、三発殴りたいところだろう。だが、ぐっと気持ちを押し殺すように深呼吸してから振り返る。

「楢崎、どうする？　警察に連れていくか？」

「……お、俺は……」

楢崎は、言葉につまった。確かに、一条にされたことを考えると警察沙汰《ざた》にすべきかもしれないと思った。それが一番簡単だ。危うく犯されるところだったのだ。男同士だが、強制わいせつ罪は立派な犯罪だ。

けれども、友達を見捨てることはできない。

楢崎の様子を見た岸尾の口から、深いため息が漏れた。

「わかったよ。言うな。……ったく、お人好しすぎるんだよ、お前は」

「センセー……」

「しょうがないだろ。お前がそうしたいんだ。好きにしろ」

不機嫌そうに、だが納得しているという態度だった。言葉にせずとも、楢崎の気持ちを察してくれたのだ。さらに、それを優先してくれた。それが嬉しい。

「一条……」

楢崎は一条の前に行き、優しく声をかけた。

「お前とは友達やからな。一回だけ、許したる。次はないぞ」

「い、……いいの？」

「ああ」

「友達のままでいてくれるのか？」

「それも、お前次第や。またこんなことしたら、今度は友達としての縁も切る」

一条は唇をきつく噛み締め、そして腕で目許をこする。

「約束する。もう、こんなことしない。もうしないから……っ、俺を捨てないで……っ！」

子供のように泣きじゃくるのを、楢崎は黙って見ていた。子供の頃からイジメの対象で、いつも楢崎のあとをついて回っていた。子供は純粋だが残酷でもある。無邪気な悪意に晒《さら》され、成長していく過程で何かが間違ったのだろう。だが、根は悪い男ではないはずだ。

子供のまま大人になったような一条はしばらく泣いていたが、そろそろ岸尾がイライラし始めるぞと思い、宥めて涙を拭《ふ》くよう言う。

その表情を盗み見るとすでに凶悪な顔になっており、爆発寸前だ。

「ほらっ、早く顔拭け。ええ男が台無しや」

焦った楢崎は、嗚咽《おえつ》を漏らす一条にタオルを押しつけ、無理やり涙をとめさせた。一条が落ち着くと、勝手に作った鍵は返してもらい、タクシーを呼んで岸尾と二人でマンションまで送る。

一条のマンションから再び楢崎の部屋に戻ってきたのは、一時間ほどあとのことだった。

「大丈夫か？」

目の前に、熱いお茶の入った湯飲みが出てきた。

ざっと部屋を片づけたあと、岸尾は楢崎のためにお茶を淹《い》れてくれた。手を伸ばすと、手に伝わる温かさに心が落ち着く。あんなことがあって気を張っていたのか、緑茶を口にするとしばらく動く気になれなかった。ぼんやりしたまま、呆《ほう》ける。

気を遣うように傍にいてくれる岸尾の気配も、楢崎を落ち着かせるものだ。

「しかし、しばらく見ないうちにまた散らかしやがって。お前は片づけることを知らないのか」

部屋を見回す岸尾に目をやり、その横顔に見入る。

こうして岸尾と二人きりになるのは、久し振りだった。小言すら心地よく感じる。喧嘩が続いていたら、こんなふうに文句を言われることもなかったのだ。そう考えると、一条に襲われて嫌な思いをしたことも無駄ではなかったと思えてくる。

「どうした？」

「お前に叱られるの、久し振りやなと思てな」

髪をくしゃっとされ、また心が温かくなった。すべてを言葉にせずとも、岸尾が自分の気持ちを理解してくれている気がした。そして、岸尾がますます好きになった。

こんな相手は、そういない。

絶対、手放してはいけないと思う。別れたりなどしたら、一生後悔するだろう。

「今回あいつが暴走したのは、お前にも責任があるんだぞ。あいつのお前に対する態度が異常だって言ったのに、俺の忠告に耳を傾けないから……」

「そやな。それは反省してる。でもなぁ、あいつがかわいそうやったんや。俺、イジメとか見るの昔からすごく嫌やったんやけど、あいつに対するイジメ、ひどくてな。確かに扱いにくい奴やけど、なんも悪いことしてへんのにあそこまで意地悪せんでええやんってくらい、ひどいことする奴おったんや。今も友達おりそうになかったし」

「お前のは、ただの同情だ。お前は、同情で友達になるのか？　そんなのは優しさなんかじゃない。そもそもな、ガキの頃にあいつの世話をしただけでも十分なんだよ。友達との橋渡し的存在にもなった。それ以上何をしてやればいいいんだ？　甘やかすと際限なく求めてくるぞ」

「そうやなぁ」

確かに岸尾の言う通りだ。

ただ甘やかすだけでは、一条のためにもならない。ようやくそれがわかった。だが、一条と友達のままでいると約束してしまったことを思い出す。

「俺……あいつと友達のままでいる言うてしもた」

「俺がちゃんと見ててやるからいいよ。それに、これからは同情じゃなく、他の奴と同じように友達づき合いすりゃいいだろ」

「そんなんわからん。同情とそうじゃない友達づき合いの違いなんて、わからん」

「喧嘩でもなんでもすりゃいいんだ。かわいそうだからとか考えなきゃいいんだ。あいつのわがままを助長させるな」

「……わかった」

岸尾が随分譲歩してくれているのだろうというのは、よく伝わってきた。本当は、警察に突き出したかっただろうし、二度と楢崎の前に現れるなと言いたかったに違いない。

一条に優しくしてやる義理なんて、岸尾にはこれっぽっちもないのだから。

岸尾に我慢を強いたのかと再び深く反省するが、その口から意外な言葉を聞かされる。

「でもまぁ、お前のそういうところが、好きなんだけどな」

「え……？」

「やっぱお前、浮世離れしてるよ」

見つめられ、心臓が小さく跳ねた。惚れ惚れするような男前に、優しげな視線で見つめられたら、楢崎でも落ち着かなくなってしまうのだ。頬が熱くなるのを感じながら、照れ隠しにそっぽを向く。

「お前の言うてること、ようわからん」

「わからなくていいよ。お前が好きってことに変わりないんだから」

思わず逸らした視線を岸尾に戻した。

(サラッと言いよって……。憎たらしい奴やな)

惚れたほうが負けなのだと何度も思い知らされてきたが、今ほどそれを痛感したことはない。

しかし、加速する岸尾への気持ちに抵抗する気にもなれなかった。ここまで惚れた相手は、たった一人なのだ。岸尾だけだ。観念して、とことん好きになろうと思う。

「俺な、しびれたわ」

楢崎は、自分の気持ちを素直に口にした。

「何が?」

「お前、俺にふられたあいつが自殺したら、俺が苦しむから自殺なんかやめろって言ったやん。あれ、すごくしびれた」

「当たり前だろう。あいつのせいでお前がずっと罪悪感に苛《さいな》まれるなんて、嫌だったんだよ」

なんて格好いいことを言うのだろうと、惚けたように岸尾を見つめる。下手すると陳腐にすら聞こえてしまう台詞《せりふ》も、岸尾の唇に乗れば心を蕩かせる愛の囁きになる。

本当に、憎らしいほどの男前だ。

「それよりお前、どこまでされた?」

「ん?」

「お前、あいつにどこまでされたんだ? パンツはずらされてたよな」

楢崎は立て続けに何度か瞬きをし、そのままの格好で固まった。サディスティックな笑顔を見せられ、じわりと危機感を覚える。

（あかん、もしかして……怒ってる？）

不遜《ふそん》な笑みを見せる男は、岸尾がただ優しいだけじゃないことを物語っていた。こういう時の岸尾は、暗黒の騎士のようで美しくすらあるが、その毒牙を向けられるとさすがにたじろいでしまう。

「はは……、お前、目がバリバリのSになってへん？」

「恋人が他の男にしゃぶられてるのを見たら、当然だ」

「ちょ……、センセー……、待て……落ち着け」

後ずさりすると、岸尾はゆっくりと立ち上がった。そして、目の前の獲物に舌舐めずりをしながらネクタイを解いて床に放る。さらに、ワイシャツの袖のボタンを外した。

これから何をしてやろうと企《たくら》んでいるその目は、ゾクリとするほど色っぽい。

「お前……目ぇ、エロすぎて……怖いて……、何……そんな目ぇ……」

「思い出したら、段々腹が立ってきた。俺がしようと思ってたのに、あの野郎……よりによって縛ってしゃぶりやがった」

「……っ」

ゴクリと唾を呑んだ。まさか今さらそこを突かれるとは思っていなかった。

「待て……、落ち着け……」

「たっぷり弄ってやるから、覚悟しろ」

「覚悟て……」

「ひんひん言わせてやる。お前の躰で俺の怒りを静めてみろ」

「センセー……」

さらにゾクリとするような笑みを見せられ、楢崎は目を閉じて観念した。


部屋の中は、皓々《こうこう》と明かりがつけられていた。

岸尾の視線がどこに注がれているかはっきりとわかる状況の中、全裸にひん剝かれ、後ろ手に縛られ、ベッドに座らされて中心を嬲《なぶ》られていた。岸尾のほうは、スラックスもワイシャツもまだ身につけたままだ。

自分の股間のところで岸尾の頭が動いているのを見て、信じられない気持ちでいっぱいになる。

「はぁ……っ、……あぁ、……っく、……ぁあ」

一条にぶつけられなかった怒りの熱量は、楢崎を責めることだけに使われているというように、その愛撫は執拗《しつよう》でねちっこく、濃厚だった。

「ぁあ……ん、……ん……っく、……センセ……、ちょ……」

抗議の声も虚しく、容赦ない岸尾の愛撫に楢崎は狂わされていく。息を整える余裕すらなく、ただひたすら注がれる愉悦に耐えることしかできない。

「……ぁ……、……あかんて……待て……って」

「こんなにしてるのにか？」

顔を上げた岸尾が唇をペロリと舐める仕草に、下半身が疼いた。普段は理性で武装したような男が、いざ獲物を狩るとなると隠していた獣の表情を見せるものだから、そのギャップに心はトロトロだ。自分が喰われる側なのだと、素直に認めてしまう。

「なんで……、……俺だけ、やねん……」

「俺の前でお前が恥ずかしいことになるのを、見てやるっつってるんだよ」

「……っ！」

あからさまな言い方に、楢崎は自分の頬がより熱くなるのを感じた。

やはり、岸尾にはサディストの気《け》がある。冷静さを残す目で、身悶え、狂わされる姿を見てやると言っているのだ。なんて悪趣味な男だろう。だが、そう思いながらも、どこかで岸尾の視線に晒され、はしたない姿を見られる被虐的な悦びを感じているのも否定できなかった。

「お前……何する、つも……り、……ぁ」

身を起こした岸尾は、一条が脱衣所の棚から持ち出した乳液の瓶を手に取った。仰向けに寝るよう促されて従うと、岸尾は膝立ちになって楢崎を見下ろし、その蓋を開けてみせる。少しずつ傾けられるその口から、白い乳液が零れた。

「あっ！」

冷たさに、躰がビクンと跳ねる。しかし、岸尾はすぐにやめようとはせず、今度はそれをへその辺りに垂らしてみせた。さらに、胸板へと垂らす場所を変える。

白くてトロリとした乳液は、岸尾の放った白濁のようにも見え、汚されているような気分になった。胸が締めつけられ、もっと汚して欲しいと願ってしまう。

「あ、あっ、……センセー……、……も……」

「いい格好だ」

「見るなて……、……そんな……」

乳液はさらに垂らされ、胸の突起に直接当たった。

「……っ」

唇を強く噛み、かろうじて声を漏らすのは堪えたが、媚薬《びやく》を塗られたように躰が疼いている。じっくりと腰を据えて料理してやろうというような岸尾の目が、楢崎をより敏感にさせているのは間違いない。もどかしい刺激に身をくねらせていると、岸尾は乳液の瓶の蓋をし、楢崎の隣に手をついてすぐ近くから視線を注いでくる。

「楢崎。お前の恥ずかしい格好をたっぷり見てやる」

「……ぁ！」

すでに硬く変化している屹立を指先でもどかしくなぞられ、掠れた声をあげた。

「覚悟しろ」

耳元で低く囁かれ、ぞくぞくっとしたものが背中を這い上がっていった。まるでAVのような台詞でも、岸尾の唇に乗ると安っぽく感じない。途端に、楢崎を狂わす呪文となってしまう。

「ここは、どうだ？」

「あ！」

脇腹の辺りをくすぐるように指を這わされ、身を捩った。愛撫は次第に胸板のほうへ上がっていき、柔らかく敏感な部分に近づいてくる。

「あ、かん……、あかんて……、俺……も……」

「何が？」

「……変な……触り方、すな……っ、……はぁ……っ」

抗議したのがいけなかったのか、突起の周りを指先でくるくるとマッサージされる。ツンと尖った突起の周りの柔らかい肉は、ぷっくりと膨れていて、岸尾の指が通るたびに甘い痺れが走った。何度もこすられているうちに感覚はなくなっていき、熱と疼きだけが楢崎を包む。

「はぁっ、……お前……、ほんと……、……っ、いけず、やな……、……ぁあ」

「お前が、可愛い反応するからだよ」

注がれる熱い視線に躰が震え、目に涙が溜まった。まだ冷静さを残す岸尾に、乱れた自分をじっと眺められることに耐えきれずに横を向くと、涙がツ……、と零れる。

あまりの快感に、涙腺が緩んでしまっていた。屹立の先端からも次々と蜜《みつ》が溢れ出ているのがわかり、濡れていく自分を感じずにはいられない。

「楢崎……」

岸尾の注ぐ快楽という名の雨に打たれているようだった。

「――んぁ！」

ふいに突起に吸いつかれ、思わず躰を仰《の》け反《ぞ》らせてしまう。

屹立が岸尾のスラックスに当たり、もどかしい刺激しか与えられずに飢えていた楢崎は、恥ずかしげもなく腰を浮かせて股間を岸尾の腰に押しつけていた。空腹の獣が、目の前に置かれた食事の皿に手をつけずにはいられないのと同じだ。

今の楢崎には、自分を抑える術《すべ》も理性もほとんどない。

「ぁあ、んぁ……、あぁ……、……っく、…………はぁ……ぁ、――んあぁ……」

「いいぞ、もっと……腰を突き出して、みろ……」

腰の後ろに腕を回され、さらに腰をベッドから浮かせて突起を嬲られる。尖らせた舌先で押し潰され、転がされて、唇の間から鼻にかかった甘い声を次々と溢れさせた。

岸尾の舌に、狂わされる。

「あぁ、……ぁ、……んぁあ……、んあぁ、……センセー……、……ん、……んぁあ」

「なんだ？」

「センセー、……も……駄目や……、も……」

「もう……ギブアップか？」

「して……、……センセー……、して、……早く、……突っ込んで、くれ……、……も……じゅうぶん……、……濡らした、やろ……」

涙を浮かべながら切実に求めると、まだ余裕のある岸尾は、身を起こしてワイシャツを脱ぎ捨てた。

「そうだな」

言いながらベルトを外し、下着ごとスラックスを脱ぎ捨てる。膝立ちになった岸尾の裸体はあまりに美しく、楢崎は思わず目を逸らした。これ以上心を奪われるのが怖かったのかもしれない。

しかし、岸尾の視線が自分に注がれているのがわかり、そろそろと視線を合わせる。そして、雄々しくそそり勃った岸尾の中心へと視線をずらした。

「何見てんだよ」

笑われ、そんなつもりはなかったのにと、ますます頬が熱くなる。口許を緩めた岸尾の滴るような男の色香に、煽《あお》られっぱなしだ。

「頼む……も……俺、……っく」

「わかってるよ。そう、急ぐな」

宥めるような岸尾の言葉に、自分がいかに飢えているのか教えられた気がした。そうだと認めざるを得ないほど、岸尾が欲しい。

そんな楢崎に応えるように乳液を塗った指が蕾に伸びてきたかと思うと、二本いっぺんに挿入される。

「ぁあ……っ、……っく、……ぅ……っく、……ぁあ！」

半ば無理やり拡げられ、楢崎は苦痛の声をあげた。あまりの衝撃に、躰がついていかない。

「ぁ……っく、……い、いきなり、……何、すんねん……」

「欲しいって言ったのはお前だ」

侵入してきた指はすぐに引き抜かれたが、息をつく間もなくまた挿入される。

「ぁ……っく！　……ぅ……っ、……んぁあぁ、……はぁ……」

乱暴なやり方に悲鳴をあげたが、同時に楢崎は岸尾の指を締めつけてもいた。欲しかったものを与えられて歓喜するように、きつく収縮している。

それは岸尾にもわかっているようだ。苦痛だけではないだろう、とばかりの視線を注がれ、なんでもお見通しの恋人が憎らしくなる。

「センセー……、えげつな……」

「好きだからだよ。お前が、好きだから……滅茶苦茶にしたくなる。お前は全部俺のもんだって……実感したいんだよ」

自分の気持ちを示すかのようにさらに激しく中を指で掻き回され、楢崎は激しい責め苦に翻弄された。だが、好きな相手にそこまで言われたら、なんだって許してしまう。

「そんな……殺し、文句……、……反則や……っ、……ぁあっ」

「本当のことを言って何が悪い」

「んぁ、あ、……んぁ、……ぁあっ」

「お前は、俺のもんだ」

それを証明しようとするかのように指を引き抜かれたかと思うと、屹立をあてがわれた。先端をねじこまれ、容赦なく腰を進められる。

まるで熱だ。岸尾の想いが灼熱《しゃくねつ》の杭《くい》となって楢崎に打ちつけられている。

「ぁあ、あ、……ぁああっ！」

いきなり根元まで収められ、楢崎は切れ切れに喘《あえ》いだ。どれほど想われているのか、躰で示されている。

「はぁ……、……ぁ……」

「誰の目にも、届かないところに……監禁したいよ」

漏らされた言葉から激しい熱情が伝わってきて、楢崎は震える声で岸尾に訴えた。

「解いて……くれ……、お前と……抱き合いたい」

一方的に注がれるだけではなく、自分も岸尾に気持ちを示したい。

「俺も……お前を……、抱きたい」

もう一度言うと、岸尾はすぐに腕の戒めを解いてくれた。ゆっくりと腕を前に回し、その背中を抱き締める。ずっと縛られていたため力が入らないが、こうして好きな相手を腕に抱いているだけでもよかった。躰と躰を密着させ、岸尾の肩に顔を埋めて、恋人の匂いを深く吸い込む。

「動くぞ」

「ぁ……っ！」

楢崎は、まだ十分に力が入らない腕で岸尾を抱き締め、身を任せた。

「んぁ、……はぁ……っ、……ぁあっ」

背中に回した腕に少しずつ力が戻ってくると、岸尾の動きも激しくなってくる。楢崎はしがみつき、脚を絡ませて、強く抱き締めた。

徐々にリズミカルに楢崎を責める恋人に、楢崎の中の獣は完全に目を覚ます。

「センセ、……センセー……、奥まで……来てくれ……、……ぁあ、あ」

「好き、だぞ……、……楢崎、……っく、……楢崎」

「俺も……や、……俺も……」

「俺は嫉妬深いんだからな」

「……知って、る……っ、……はぁ……っ、あっ！　そんなん……知って……、……ぁあっ」

岸尾に抱きついたまま、楢崎は激しく揺さぶられた。躰だけでなく、頭の中も掻き回されて、この行為に夢中になる。

「ぁ……、……あかん、……もう……、我慢、できん……」

すぐそこまで絶頂は来ており、楢崎は必死で訴えた。自分だけではなく、一緒にイキたい。一緒に、岸尾も絶頂の瞬間を味わいたい。

「いいぞ、俺も……イク」

短く放たれた言葉を合図に動きは激しくなり、二人は高みを目指した。ベッドを揺らし、無言で楢崎を突き上げてくる岸尾はまさに獣で、普段は決して見ることのできないその姿にいっそう夢中にさせられる。人一倍理性的な男の本能を剝き出しにした姿に、楢崎は深く酔いしれた。

そして、連れていかれる。

「んぁ、あ、……はぁっ、……イク……、イ……、——ぁぁぁあああ……っ！」

岸尾を強く抱き締めながら、楢崎は下腹部を震わせた。自分の奥で岸尾が爆《は》ぜたのもわかり、中を濡らされる悦びに身も心も満たされる。

「はぁ……っ、……はぁ、……っ」

ゆっくりと躰を弛緩《しかん》させた岸尾が体重を預けてくると、楢崎は心の中である一つの想いを噛み締めた。

自分だけだ。岸尾をこんなふうに抱き、受け止めるのは自分だけだ。どんなことがあっても、手放さない。誰にも渡さない。

「……センセーは、……俺のもんや」

強すぎる思いは無意識に言葉になり、口をついて出た。自分でも驚くが、岸尾のほうはさして動揺もせずサラリと言う。

「当たり前だ。俺ほどお前の世話ができる奴はいない」

大真面目な台詞だったが、岸尾ほどの男にこんな言葉を言わせたことが驚きで、それでいておかしかった。高貴で近寄りがたい雰囲気すら纏っている男前が、まるで押しかけ女房のような台詞を口にするなんて、誰も思わないだろう。

楢崎だから、聞くことができた。

「よかったか？」

「うん、死ぬかと……思た」

「何度でも死なせてやる」

耳元で囁かれた言葉は甘く、その心地よさにゆっくりと目を閉じた。そして、夢の中にゆっくりと落ちていきながら、ポツリと言う。

「うん……期待、しとく……」

最後に感じたのは、前髪に優しく触れる岸尾の手の温かさだった。


一条が姿を見せなくなって、一ヶ月ほどが過ぎていた。

反省したのだろう。あれから電話一本かかってこない。友達のままでいると言ったが、合わせる顔がないのか、それとも別の理由があるのか、ぱったりと連絡は途絶えている。

「でも、大変だったのね～。やっぱりあの先生って危険人物だったのね」

「めずらしくお前と意見が合ったな」

楢崎の部屋には、岸尾と香澄がいた。

昼過ぎに香澄から連絡があり、一緒に夕飯を食べようと誘われ、こうして三人で鍋を囲んでいるのだ。もちろん『香澄ちゃん鍋』だ。今日は奮発して、牡蠣《かき》まで入っている。

「やっぱり鍋はいいわ～。コタツも出したし、いよいよ冬も本番ね～」

「俺は不安だよ。こいつにコタツをを与えると、とんでもないことになるんだ」

「とんでもないことって？」

「わかるだろう。コタツに住むんだよ、こいつは。周りに必要なもんを全部集めて住みやがるから、部屋が散らかって散らかってしょうがない」

「コタツの魅力には逆らえん。背負って歩きたいくらいや」

「お前が言うと冗談に聞こえねぇんだよ」

岸尾はブツブツと言いながらも、おたまでレンコン入り鶏つくねや野菜などを皿に取って次々と口に放り込んだ。クールな顔でもりもり食べるその姿に、楢崎のドキドキはとまらない。

(やっぱり、格好ええなぁ)

ぼんやりと見惚れ、香澄によそってもらった牡蠣を無防備に口に放り込むが、あまりの熱さにほとんど噛めずにビールで流し込む。

その時だった。

「あーっ、あれっ、一条って人じゃないっ?」

いきなり香澄が大声をあげた。指差したのは、つけっぱなしのテレビだ。夜のニュースを流していたが、そこに一条が映っているのだ。事件の被疑者などではない。名誉あることでテレビに映っている。

「直田川《なおたがわ》賞受賞ってよ！　ね！　あの人、直田川賞受賞だって！」

興奮した様子で何度も袖を引っ張られ、楢崎は左右に揺れた。何度目を凝らしても、映っているのは一条だということに変わりはない。さすがの楢崎も、驚きのあまり言葉が出なかった。

だが、岸尾のほうはどうやら様子が違う。

「ああ、何度か候補に挙がってたからな。そろそろ取ってもおかしくないだろ」

「知ってたんか」

「えーっ、そんなにすごい人だったの。ただの頭のおかしい引き籠もりかと思ったわよ！」

「香澄。お前な、もうちょっとマシな言い方ないんか。一応俺の友達やぞ」

見ていると、一条は俯き加減で座ったまま記者たちの質問に答えていた。おどおどした態度は一条らしいが、その扱いは大作家様だ。一条が何か話すたびにフラッシュが焚《た》かれる。

「へ〜、すごい男だったのね。意地悪な准教授様より、あっちのほうが地位もお金も名誉もあるんじゃな〜い？　ねぇ、楢崎ちゃん」

わざと岸尾を挑発してみせる香澄に、思わず笑った。岸尾のほうはというと、そんな挑発には乗らないぞとばかりに、完全に無視している。

「あいつがどんなに立派な作家になっても、俺は岸尾がええ」

サラリと言った楢崎の言葉に、香澄の動きがとまった。そして、香澄に挑発されても表情を変えなかった岸尾の顔に、少しばかりの変化が見られる。

香澄もそれに気づいたようだ。面白くないとばかりに、口を尖らせて拗ねてみせる。

「あ〜やだやだ。見せつけないでよね。結局お惚気《のろけ》なんだもん」

楢崎は香澄の頭に手を伸ばし、小さな子でも扱うようにくしゃっくしゃっと撫でてやった。

「お前にも、そのうちイイ男が現れる。香澄みたいなイイ子は滅多におらんからな。岸尾センセーがおらんかったら、俺が香澄とつき合いたいくらいや」

「楢崎ちゃ〜ん、そう言ってくれるのはあんただけよ〜」

抱きついてくる香澄にハグをしながら、頭をポンポンと叩いてやる。こっそり岸尾に『あかんべ』

をしたのがわかるが、子供っぽいことをする香澄にクールな岸尾の眉間がぴくぴくなっているのがすごくおかしい。

その時、チャイムが鳴った。立ち上がろうとすると、香澄が「食べてていいわよ」と言って玄関へと向かう。やはり香澄は家庭的なニューハーフだと思いながら再び鍋に手をつけようとした楢崎だが、玄関から香澄の声がする。

『あ、あ、あんた、何しに来たのよ！　また楢崎ちゃんを襲う気ね！』

慌てて戻ってきた香澄は、とんでもないものを見たとばかりの顔で二人を呼んだ。

「ちょっと、信じられない。来たわよ！　楢崎ちゃんを襲った直田川賞が来たわよ！」

「なんだって？」

岸尾が立ち上がって玄関に向かうと、楢崎も続く。玄関には、手に大きな箱を持った一条が立っていた。

「こんばんは。ごめん、いきなり来て。この前のお詫《わ》びと思って……」

持ってきたのは、蟹《かに》だった。なんてタイミングだろう。『香澄ちゃん鍋』がグレードアップだ。思わずゴクリと唾を呑む。いや、コンロに網を置いて直接焼くのもいい。

「忙しくて、すぐに来られなかったんだけど、やっと時間ができたから……。あの……俺、反省したから。本当に、ちゃんと反省したから……」

岸尾は何か言いたそうだが、香澄は一条の持っている蟹の箱に手を伸ばして受け取る。

「まぁいいわ。あんたも鍋食べなさい。今日は材料多めに買ってきたから、食べていいわよ。それに、あんたが持ってきたの蟹じゃない。入れない手はないわ。これ、そのまま使えるんでしょう？」

「おい、どうしてお前が許可するんだ？」

「意地悪な先生は黙ってて。蟹よ、蟹！　蟹持ちの男は特別なのよ。ほら、上がって上がって。手を洗ってコタツに入りなさい」

岸尾が不機嫌な表情のままだからか、一条は本当にいいのかという顔をしていた。だが、もう答えは出ている。岸尾のあの顔は、『拒絶』ではなく、『呆れ』なのだ。

好きだから、ちゃんとわかる。

「わ〜い、蟹や。持って来たんやから、お前も一緒に食べてええぞー」

促すと、戸惑いながらも一条は楢崎について玄関を上がり、キッチンで手を洗ってから部屋に入った。しかし、コタツに入ろうとする一条を見て、香澄が座る場所を指示する。

「あんたはここよ。楢崎ちゃんの横に座っちゃ駄目。あんたはここ！　取り皿はこれね」

一条は言われるままちんまりと指定の場所に座ったが、器を渡されて戸惑っていた。

何もなかったかのように親しげに扱われて、どうすればいいかわからず、皿を受け取った格好のまま固まっている。

「いい？　あんたのやったことはね、犯罪なんだからね。楢崎ちゃんの慈悲で警察沙汰にしなかっただけよ？　まったく、とんでもない男なんだから。ていうか、ぼーっとしてないで好きなの取りなさいよ」

「はい。えっと……」

「もう、貸して！　好き嫌いはない？　牡蠣は平気？」

鍋を取るタイミングが摑めない一条のために、香澄はたっぷりと器に具を取り、蟹の箱を開けて脚を何本か鍋に突っ込んだ。

「香澄ってすごいな。あいつのおかんみたいや」

「ニューハーフの母親なんて、子供はグレるぞ」

「いや、案外違うかもしれん、それに、香澄たちいいコンビになると思わんか？」

楢崎からすると、二人はどう見てもバランスの取れたコンビだった。

「お前とつき合うと、ああいうのと縁が切れないってことだな」

ニューハーフの香澄と社会性に乏しい直田川賞作家の一条。確かに異色のコラボレーションだと思うが、楢崎にとってどちらも大事な友達だ。二人が仲良くなってくれたほうが嬉しい。

恋人をチラリと見ると、諦めの境地に達しているらしく、やけ喰いといった態度で再び鍋に手をつけていた。その姿が楢崎の目にはこの上なく男前に映り、ますます好きになる。

岸尾の苦労は、絶えそうにない。

あとがき

こんにちは。もしくははじめまして。中原一也《なかはらかずや》です。

実はあとがきを書くのがとても苦手なんですが、今回は３ページもあるのです。どうしよう。おろおろ。

えー、雨男の話です。雨男。

この話は「雨男でいつも雨に濡れていて飄々とした男の話が書きたいなぁ」という思いつきから始まりました。見た目風流、中身大雑把、なんていうギャップも好きで、楢崎《ならざき》はお気に入りのキャラになりました。そして、スーパー攻様のようで、実はかなり駄目な男の岸尾《きしお》も……。自分で言うのもなんですが、きっと奴らはいいカップルだと思います。

それから、オカマやニューハーフも私の作品にはよく出てくるんですが、今回も出してしまいました。脇キャラに癖のある人を出すのが好きみたいです。

雑誌掲載時から時間は経ってしまいましたが、書き下ろしをつけて一冊の本として出版させて頂き、本当に嬉しく思います。

……と、ここまで書いたら書くことがなくなってきました。ははははは。

こう書くと作品に思い入れがないと思われそうですが、単に自分の作品について語るのが苦手というか。実は作品に関するアンケートの類も苦手です。あれこれ考えすぎて、書いたり消したりで進まないのです。

どうしましょう。困った時の猫話でもしますか。

うちには猫が4匹おります。ハル（♀）、フク（♂）、キラ（♀）、チミコ（♀）です。みんな拾ったり貰ったりした子です。雑種が好きなんですよ。これを書いている今は冬でコタツを出してるんですが、コタツ布団をめくると猫がみっしり……。

なんて素晴らしい光景なんでしょう。想像してみてください。猫みっしり。もふもふがみっしり。寝息が「ぷー」「くー」と聞こえてきます。特にうちはデブッ子が多いので、眠っている時に変な音を発することが多いです。

シンと静まり返って部屋にカタカタとキーボードを叩く音だけがしている中、時々「ぷー」「くー」と怪しげな音が。

はっきり言ってたまらないです。締め切りに追われる日々を送っておりますが、こいつらがいるおかげで和みます。本当に幸せです。

しかも、座りっぱなしだと尻や太腿の裏が痛くなるので、時々うつ伏せになって半分コタツに入って仕事をするのですが、コタツの中で猫たちが尻や太腿の上に乗ってきてぬっくぬくになるんです。みんなにギュウギュウされるのです。こうなると、腰が痛くなってきてもとの体勢に戻りたくても戻れません。何時間もうつ伏せで原稿を書かねばなりません。腰痛いです。

でも、猫のぬくぬくを手放すくらいなら多少の腰痛は我慢するのが猫好きの宿命です。猫。たまらないですね。なんて素晴らしい存在なんでしょう。神様、この世に猫という生き物を作ってくれてありがとうございます。猫にならいくらだって尽くせます。まさに岸尾が楢崎に尽くすようにお世話できます。（お。作品に関する話になりました）

猫のおかげでめでたくページが埋まったところで、締めに入りたいと思います。

イラストを描いてくださった梨《なし》とりこ先生。素敵なイラストをありがとうございました。雨に濡れる楢崎の儚げな色っぽさや岸尾の硬質な色香が、稚拙な作品に華を添えてくださいました。

それから担当様。この作品をノベルズ化して頂いたこと、感謝しております。とても気に入っていた作品だったので、続きを書くことができて嬉しかったです。

そして読者様。私の作品を読んで頂き、ありがとうございました。まだまだ未熟だと思うことが多いですが、これからも精進しますので、気に入って頂けましたらまた私の作品を手に取ってくださいませ。

また、作品を通して皆様とお会いできますように……。

中原　一也

LYNX ROMANCE

ふしだら者《もの》ですが

中原一也　illust. 小山田あみ

898円
（本体価格855円）

職場で女性からは空気扱い・邪魔者扱いをされているサエない公務員の皆川修平。しかし、男にはなぜか異様なまでにモテまくり、老若男男、喰い散らかしている節操のない魔性のゲイだった。いつも幼馴染みのガテン系リーマン・高森に恋人のふりをお願いし、円滑に男と別れていた皆川だったが、ある日、ストーカー被害に遭ってしまう。危ないところを高森に助けられた皆川は、その日から高森のことが忘れられなくなってしまい……。

LYNX ROMANCE

よくある話《はなし》。

中原一也　illust. 小山田あみ

898円
（本体価格855円）

冴えない中年オヤジの袴田は突然、元AV女優の妻に離婚を迫られる。その夜バーで泥酔した袴田は、気づくと同じ会社の出世頭・池田と全裸で同衾していた。一夜の過ちで、モテる池田が自分に興味を持つわけがないと思っていたが「課長の色気にやられました」と熱烈に口説かれる。理解できないまま、AVが好きだという池田に流され、様々なプレイを楽しむ仲に。だが偶然、池田が袴田の別れた妻のファンだと知ってしまい――。

LYNX ROMANCE

愛《あい》は憎《にく》しみに背《そむ》いて

中原一也　illust. 小山田あみ

898円
（本体価格855円）

かつての恋人・蘇芳の勤める病院を相手取り、裁判を起こすことになった弁護士の陣乃。十年前、尊敬してやまない蘇芳と愛し合っていた陣乃は、ある事件がきっかけで、手酷く別れを告げられた。情熱的に自分を求めてくれた彼の豹変に傷つき、陣乃は彼の前から去ったのだ。蘇芳と再会した陣乃は、裁判から手を引くように迫られる。陣乃の淫蕩な本性を再び暴こうとする蘇芳に憤りながらも、彼を忘れられずにいたことを実感するが…。

LYNX ROMANCE

月下《げっか》の秘《ひ》めごと

中原一也　illust. 有馬かつみ

898円
（本体価格855円）

周囲の意のままに生きてきた皇太子・春楊は、ある夜、密かに抜け出した東宮の庭で赤い瞳の男・孝先と出逢う。彼は火眼虎の異名を持つ禁軍兵士だった。閉塞的な生活の中、無人の庭で月を眺めることを心の慰めにしていた春楊は、突然現れた男に恐れと興味を抱く。強引に再び逢う約束をさせられ、その後も逢瀬を重ねるうち、孝先の不器用な優しさを知り惹かれていく。だが皇帝が毒殺されたことにより運命が大きく変わり始め…。

LYNX ROMANCE

秘書《ひしょ》の条件《じょうけん》、社長《しゃちょう》の特権《とっけん》

中原一也　illust. タクミユウ

898円
（本体価格855円）

超潔癖性でクールな美貌をもつ白尾蓮は、『鴉屋ダイニング』社長・鴉屋宗二の秘書をしている。女性にだらしなく、超不真面目な鴉屋だが、親から継いだ会社を大きくしたり、部下から慕われたりと優秀な面ももっていた。恩人である彼の父親からの頼みともあれば、そんな鴉屋からセクハラをされても、白尾は我慢して支えようと考えていた。だが、専務である叔父が現れ、白尾の不注意で手帳が一時期盗まれるという事件が起こり…。

LYNX ROMANCE

暁《あかつき》に濡《ぬ》れる月《つき》 上

和泉桂　illust. 円陣闇丸

898円
（本体価格855円）

戦争で家族と引き裂かれた泰貴は美しい容姿と肉体を武器に生き延び、母の実家・清澗寺家にたどり着く。当主・和貴の息子として育った双子の兄・弘貴と再会した泰貴は、己と正反対に純真無垢な弘貴に激した憎悪を抱く。心とは裏腹に快楽を求める肉体——清澗寺の呪われた血を嫌う一方で、泰貴は兄を陥れて家を手に入れる計画を進めていく。そんな中で家庭教師・藤城の優しさに触れ、泰貴は彼を慕うようになるが…。

LYNX ROMANCE

いとしさの結晶《けっしょう》

きたざわ尋子　illust. 青井秋

898円
（本体価格855円）

かつて事故に遭い、記憶を失ってしまった着物デザイナーの志信は、契約先の担当である保科と恋に落ち恋人となる。しかし記憶を失う前はミヤという男のことが好きだったのを思い出した志信は別れようとするが保科は認めず、未だに恋人同士のような関係を続けていた。今では俳優として有名になったミヤを見る度、不機嫌になる保科に呆れ、自分がもう会うこともないと思っていた志信。だが、ある日個展に出席することになり…。

LYNX ROMANCE

Zwei《ツヴァイ》

かわい有美子　illust. やまがたさとみ

898円
（本体価格855円）

捜査一課から飛ばされ、さらに内部調査を命じられてやさぐれていた山下は、ある事件で検事となった高校の同級生・須和と再会する。彼は、昔よりも冴えないくすんだ印象になっていた。高校時代に想い合っていた二人は自然と抱き合うようになるが、自らの腕の中でまるで羽化するように綺麗になっていく須和を目の当たりにし、山下は惹かれていく。二人の距離は徐々に縮まっていく中、須和が地方へと異動になることが決まり…。

初出
濡れ男 ―――― 2009年 小説リンクス8月号を加筆修正
惚れたが負け ―――― 書き下ろし

この本を読んでの
ご意見・ご感想を
お寄せ下さい。

〒151-0051
東京都渋谷区千駄ヶ谷4-9-7
(株)幻冬舎コミックス　リンクス編集部
「中《なか》原《はら》一《かず》也《や》先生」係／「梨《なし》とりこ先生」係

リンクス ロマンス

濡れ男

2012年12月31日　第1刷発行

著者……………中《なか》原《はら》一《かず》也《や》
発行人…………伊藤嘉彦
発行元…………株式会社　幻冬舎コミックス
〒151-0051　東京都渋谷区千駄ヶ谷4-9-7
TEL 03-5411-6434（編集）
発売元…………株式会社　幻冬舎
〒151-0051　東京都渋谷区千駄ヶ谷4-9-7
TEL 03-5411-6222（営業）
振替00120-8-767643
印刷・製本所…共同印刷株式会社
検印廃止

ISBN978-4-344-82696-0 C0293
Printed in Japan

幻冬舎コミックスホームページ　http://www.gentosha-comics.net